Günther Müller

Rentnerzeit

Lebenserinnerungen

- Inhaltsverzeichnis - (Rentnerzeit)

Seiten	Titel
1	Titelblatt
2	Inhaltsverzeichnis
3 bis 6	Pferdestall Gut Wargels
7	Der Apfelbaum
8 bis 11	Erinnerungen aus der Jugendzeit
12	Pilze sammeln mit Hindernissen
13 bis 17	Besinnliches aus der Gefangenschaft
18 bis 21	Lehr- und Gesellenzeit (Kur Höxter, Rothenfelde)
22 bis 24	Berufsfachschule Lehmkenhafen
25 und 26	Praktikum in Bremervörde
27 bis 31	Besondere Kunden (Bevensen / Lüchow)
32 bis 39	Die Zeit in Kuchen / Anfang Lehmke
40 bis 43	Die letzten zwei Jahre in Lehmke
44 bis 47	Rosche
48 bis 52	Grundstückskauf in Uelzen
53	Der allererste Blick (für meine liebe Frau)
54	Limericks
55	Ein authentischer Brief eines Versicherungsnehmers
56	Glockengedicht, drei Limericks , Schwäbisches
57 bis 60	Meister Rudolf Müller
61 und 62	Brief von Christel Stumpf geborene Müller
63 bis 65	Erlebnisse mit dem Motorrad DKW 200
66	Letzte Mahnung
67	Zwei Gedichte anderer Art
68	Enkeltochter Lara
69 bis 88	Gedichte zu Geburtstagen für liebe Verwandte
89	Die haben Sorgen (aus fremder Feder)
90	Gedichte voller Humor (siehe auch Seite 52)
91 bis 104	Feier zu meinem 80 - zigsten Geburtstag
91 bis 94	Rede zu meinem 80-zigsten Geburtstag
95 bis 97	Vortrag von Tochter Heidi
98 bis 100	Gedicht „ Nichts „ von Heidi und Geburtstagslied
101 bis 103	Weisheit des Alters und Vortrag Paul Janzen
104 und 105	Schlußlied und Nachbetrachtung
105 bis 110	Notizen für den Leser G. Müller

Pferdestall Gut Wargels - Erinnerungen -

Wir Jungen von Wargels haben uns am liebsten im Pferdestall des Gutes aufgehalten. Dort war es so richtig gemütlich und dies besonders in der kalten Jahreszeit im Winter.

Da durften wir sogar ein Pferd aussuchen und vor eine Schlittenkorona spannen. Es hat da besonders viel Spaß gebracht wenn die letzten Schlitten oft in den Kurven umkippten.

Aber nun wollte ich ja vom Pferdestall berichten. Habe ihn in Grundriß und Ansicht einmal aufgezeichnet. Das Größenverhältnis stimmt nicht ganz denn der Stall war schon etwas länger. Untergebracht habe ich aber alle Boxen wie sie dort vorzufinden waren.

Im Stall waren fünf Gespanne untergebracht. Auf der linken Seite die Gespanne Freitag, Borowski, Quint und Kasimir. Der Pole Kasimar hat das Gespann von Hans Quint übernommen als dieser eingezogen wurde und in den Krieg mußte. Ganz hinten gab es dann noch die Box für den Kaltbluthengst. Dies war ein „ Kehlkopfpfeifer" womit er viel Last hatte. Als dies zu schlimm wurde bekam mein Vater ihn für den Schafstall. Vater konnte sehr gut mit Tieren umgehen. Als zum Beispiel das Vorderpferd von Barowski, also Gespann 2, ein großes Geschwulst auf dem linken Hüftknochen hatte wurde es, es hieß übrigens „ Maus", zu Vater gebracht. Der hat das Geschwulst aufgeschnitten und Mittelchen zur Heilung aufgetragen. Nach 14 Tagen mußten wir uns dann von diesem schönen schwarzen Pferd wieder trennen. Es war gesund.

Danach haben wir dann einen ca. 30 Jahre alten blinden und tauben Schimmel für dauernd bekommen. Es war ein sehr gutes Muttertier und sehr viele Pferde des Gutes stammten von ihm ab. Mit unserem Schimmel habe ich besonders Freundschaft geschlossen, ihn gestriegelt und geputzt und auch ab und zu eine Extraration Hafer gegeben.

Er wußte auch immer gleich wenn ich mich Ihm näherte. Dann hat er heftig mit dem Kopf genickt. Nahm ihn dann in die Arme und knuddelte seine Schnauze. Wenn ich dann aufhörte schubste er mich mit seiner Schnauze als ob er sagen wollte. „ Du darfst ruhig noch weiter machen, das tut gut."

Nun wieder zurück in den Pferdestall des Gutes. Auf der rechten Seite vorne war das Gespann von Bernhard Begger. Sattelpferd war Hanna, Nebenpferd Olympia und die beiden Vorderpferde Racker und Rune.

Diese Pferde mochte ich besonders gern. Durfte sie auch immer zum Wochenende zur Koppel reiten. Mit Racker hatte ich auch ein besonderes Erlebnis. Hatte ihn zum Vorspann an die Hungerharke während der Ernte bekommen. Wir waren auf dem Zwiebelberg in der Nähe zu Hohendorf. Als ich Mittags ausspannte um zum Essen zu reiten, hatte ich vergessen daß das Pferdegeschirr keinen Bauchgurt hatte. Wie wunderte ich mich da als während des Galopps das Geschirr immer weiter zum Pferdekopf rutschte. Als ich dem Racker schon bald zwischen den Ohren saß konnte ich mich natürlich nicht mehr halten. Machte eine Rolle nach unten und viel auf die Erde. Lag nun meinem Racker vor seinen Vorderfüßen. Aber was für ein Wunder. Das Tier blieb sofort stehen als ob er das schon geahnt hatte. Racker ließ mich ruhig wieder aufsteigen und wir ritten gemütlich zum Essen. Dies ist für mich um so verwunderlicher da Racker erst ein halbes Jahr im Geschirr ging.

Er hatte mich übrigens schon einmal als Fohlen um gestoßen und ist über mich hinweg gesprungen. Das war als wir ihn mit mehreren Knechten von der Koppel zum anspannen einfangen wollten. Damals ist sogar die ganze Fohlenherde von ca. 12 Stück über mich gesprungen. Wie konnte ich auch so leichtsinnig sein und mich als kleiner Knirps zwischen die großen Knechte stellen. Damals hat Racker sofort dieses Schwachpunkt entdeckt und mich also umgerannt.

Nun bin ich schon wieder abgeschweift aber es schwirren mir noch soviel Erinnerungen im Kopf herum und wollen zu Papier gebracht werden.

Im Pferdestall hinter Gespann Bernhard Begger kommen dann , meiner Erinnerung nach fünf Boxen. Die Erste besetzt der Schimmelpony „ Udales " Von ihm habe ich auch schon Einiges in meinem ersten Buch und im letzten Büchlein geschrieben. Der Bursche war schon eine besondere Persönlichkeit wie die Besitzerin Hannelore Paul, jetzt Frau Reitz, bestätigen kann. Der Bursche hatte so seine Mucken war aber im Grunde doch recht lieb. Mein letzter Ritt mit ihm zu unserem „Krauschen" der Schäferei werde ich nicht vergessen. Mußte da alle Tiere raus lassen blieb auf dem Berg dann mit Udales stehen und habe Abschied von der engsten Heimat genommen.

Im Stall hinter Udales standen zwei schöne dunkelbraune Kutschpferde mit schwarzer Mähne. Dann kamen die beiden Reitpferde Gisela und Niete. Das Fohlen von Niete ist bei uns auf dar Schäferei aufgewachsen. Ich glaube es hieß Nessel. War zum Schluß auch mit diesem Fohlen so vertraut, daß es mich aufsitzen ließ. Zum Anfang unserer Flucht solten zwei Jungs, Klaus Jeworski und ich noch als Meldereiter zwischen Menschen - und Viehtreck fungieren. Dann hätte ich Nessel dazu genommen. Aber es ging ja zum Schluß alles Hals über Kopf sodaß an einen Viehtreck gar nicht zu denken war.

Nun möchte ich doch endlich mit dem Pferdestall zu Ende kommen. In der letzten Box war ein sehr großer Warmblutwallach untergebracht. Dieses Pferd wurde immer an eine Einspanner Kutsche gespannt die ein körperlich sehr starker, um nicht zu sagen dicker älterer Inspektor benutzte. Er kam wohl nicht mehr so recht auf ein Reitpferd rauf. Übrigens war für die Reitpferde und die Kutschpferde Kutscher Neumann verantwortlich. Er fuhr dann auch oft die Herrschaften spazieren. Der Pferdestall war auch noch durch einen anderen Grund interessant. Er war Ausgangspunkt für so manchen Ausflug in den naheliegenden Park.

Da stand doch am äußersten Ende ein wunderschöner Apfelbaum. Wenn die Äpfel reif waren haben wir ihn oft aufgesucht. Irgendwie war da doch ein größeres Schlupfloch in den Drahtzaun rein gekommen.
Großen Respekt hatten wir nur vor Gutsherr Herrn Pauls. Ich glaube aber ziemlich sicher daß Herr Pauls von diesem Schlupfloch gewußt hat und uns stillschweigend gewähren ließ. Für Ihn mußten Jungen so sein und ruhig einmal striebitzen gehen. Er selbst hat das sicher als Jugendlicher auch getan. War Er doch als Erwachsener und Hauptmann beim Militär ein ziemlicher Draufgänger. Nicht umsonst hat Herr Pauls als einer der ersten westpreußischen Wehrmachtsoffiziere das Ritterkreuz erhalten.
Nun wieder zurück zu den Pferden. Eine aufregende Geschichte möchte ich noch erzählen. Knecht Kasimir war mit seinen Vorderpferden auf dem Weg zum Gras mähen. Das eine Pferd ,ein Blauschimmel, war noch ziemlich wild. Als neben ihm auf dem Feld eine Zementtüte vom Wind aufgeweht wurde war das Gespann nicht mehr zu halten und ging durch. Es bog seitlich auf eine Wiese ein und raste genau auf einen Elektro - A - Mast zu. Kasimar ist im letzten Moment seitlich abgesprungen und konnte sich retten. Die beiden Pferde mit der Mähmaschine liefen aber genau auf den Mast zu . Das Pech nur, daß sie sich nicht einig waren. Der Schimmel lief rechts vorbei, der Fuchs links. Das gab einen fürcherlichen Rums. Die Geschirre der Pferde wurden zerrissen und die Mähmaschine gewaltig demoliert.
Auch mit dem Hengst „ Kehlkopfpfeifer" hatten wir einmal ziemlichen Ärger. Bruno Neumann, der Kutschersohn , und ich haben mit ihm und unseren Schimmel mit je zwei Eggen Saat eingeegt. Aus lange Weeile haben wir in unsere Peitschen kleine Steinchen eingebunden und über die Pferde hinweg schwirren lassen. Meinem Schimmel hat das nicht gestört, denn er war ja taub. Als aber ein Stein wohl zu dicht über den Hengst flog, oder ihn vielleicht sogar getroffen hat, brannte er durch. So etwas haben wir noch nicht gesehen. Die vier leichten Eggen flogen durch einander , ~~dem~~ Hengst wohl auch in die Hacken. Nach kurzer Zeit hat er sich ihrer entledigt und gallopierte dem Gut Wargels zu. Dort hat ihn dann Kutscher Neumann eingefangen.
Wir mußten uns einer gewaltigen Strafpredigt unterziehen. Ich würde mich nicht wundern wenn Bruno zu Hause übers Knie gelegt wurde.
„Kehlkopfpfeifer " ist später auch einem anderen Knecht durchgebrannt und hat mich dabei bald um gerannt. Ich ging einen Hohlweg neben dem Walgelssee hoch, als er von oben auf mich zu gallopiert kam. Konnte noch im letzten Moment die Böschung hoch krabbeln.
Wenn es uns Jungs zu langweilig wurde sind wir auf einen ziemlich verrückten Dreh gekommen. Im Sommer waren ja die Fohlen auf der Weide in der Nähe der Schäferei. Auch auf Wunsch meiner Kumpels Bruno und Klaus habe ich dann die obere Stange so gelockert daß die Fohlen , die ja immer daran geschubert haben, sie abwerfen konnten.

Sofort führte das Fohlen Nessel , die Tochter vom Reitpferd Niete die ganze Herde raus.

Wir Jungs hatten uns danach scheinheilig am Gutshaus aufgehalten und gewartet was da passiert. Es dauerte auch nicht lange da rief der Inspektor ganz aufgeregt. He Jungs, ihr müßt die Fohlen einfangen die im Nachbardorf Peterswalde sind . Wenn wir sie nicht schnellstens wegholen will der dortige Gutsbesitzer sie alle einsperren und Auslösung verlangen.

Also Jungs, seit so nett, nehmt Euch jeder ein Pferd aus dem Stall und treibt sie wieder zu unserer Koppel.

Na, ja darauf hatten wir ja nur gewartet. Ich habe bei solch Gelegenheiten immer das Nebenpferd von Bernhard Begger, einen Blauschimmel genommen. Der konnte mit am schnellsten gallopieren.

Es begann also eine ziemlich wilde Jagt. Wenn die Fohlen sich zu schnell einfangen ließen haben wir sie wieder etwas frei gelassen. Eine gute Stunde mußte diese „Arbeit" schon dauern. Danach war der Inspektor zufrieden und wir auch.

Unser Dreh ist dann aber bald aufgeflogen und die Knechte haben uns streng untersagt eins ihrer Pferde zur Fohlenjagt zu nehmen.

Da half auch nicht daß wir uns anboten die Pferde zu striegeln und zu bürsten. Das haben wir ja auch ab und zu gemacht aber so richtig ausreiten durften wir nur wenn es am Wochenende zur Koppel ging.

Später, ca. acht Wochen vor der Flucht ,habe ich ca. drei Wochen auf dem Gutspeicher gearbeitet. Zu meinen Aufgaben gehörte es da auch, für die Gespanne Gerste und Hafer ab zu wiegen. Die Knechte holten ihre Rationen dann immer nach Feierabend ab. Für das Gespann von Bernhard Begger habe ich da meistens etwas besser abgewogen. Vielleicht hatte ich noch ein etwas schlechtes Gewissen.

 Zur Flucht durfte ich für unseren Wagen die Hinterpferde von Knecht Borowski nehmen. Es waren dies die Rappin Hanna und das Nebenpferd Quelle. Letzteres haben mir dann die Russen in Rehhof ,unserem Fluchtendpunkt, weggenommen und dafür einen recht mageren Russengaul gegeben der so dünn war, das man auf dem Hüftknochen eine Mütze aufhängen konnte.

Ja, das waren so einige Erinnerungen an den Pferdestall von Gut Wargels und den damit zusammenhängenden Geschichten.
Es war eine sehr schöne Zeit , an die ich immer sehr gerne zurück denke.

G. Müller

Der Apfelbaum

1.) Herr Pauls vom Gut Wargels im Westpreußenland,
   ein Apfelbaum in seinem Garten stand.
   Das große Loch dort hinten im Zaun,
   lud geradewegs ein um Äpfel zu klaun.

2.) Daß wir das taten, das wußte Er schon,
   denn schließlich hatte Er auch einen Sohn.
   und war selbst sicher zur Jugendzeit
   zu solchen Streichen immer bereit.

3.) Hatten die Äpfel im Herbst rote Backen,
   taten wir uns die Taschen voll packen.
   Und reichlich die Früchte vom Baum entfernten ,
   so war da später nicht viel mehr zu ernten.

4.) Wir waren zufrieden, Herrn Pauls tat`s nicht Leid,
   dachte wohl an seine Jugendzeit.
   Drückte ein Auge zu, ließ uns gewähren,
   keiner konnte sich da beschweren.

5.) Denk oft zurück, die Erinnerung ist stark,
   an den Apfelbaum dort hinten im Park.
   Mir ist`s als ob ich den Gutsherrn hör sagen,
   der Baum der blüht prächtig wird sicher viel tragen.

6.) So ist auch sicher zu jeder Zeit,
   die Jugend zum Äpfel striebitzen bereit.
   Auf die Ernte sie da nicht lange tun warten,
   die Äpfel schmecken am besten aus Nachbars Garten .

G. Müller

- Erinnerungen aus der Jugendzeit -

Die Jugendzeit in Ringels Ostpreußen , meinem Geburtsort , und Gr. Peterwitz in Westpreußen verlief ruhig und behütet. In Gr. Peterwitz, wo ich eingeschult wurde gab`s eigentlich nichts besonderes . War da noch ein ganz artiger Junge.
Ändern tat sich dies als wir in die Stadt nach Riesenburg zogen. Vater hatte da für gut zwei Jahre seinen Schäferberuf aufgegeben und wurde Schafschaerer . In dieser Eigenschaft war Er die ganze Woche in ganz West- und Ostpreußen unterwegs.
Wir wohnten in der Bergstraße 7, dicht an einer Kaserne. Wir Jungs haben uns da sehr viel auf dem Kasernenhofgelände herumgetrieben.
Natürlich wurde da Soldaten gespielt. Unser Hauptmann war der 10 Jahre alte Sohn des Konialwarenhändlers Juhr. Da wurde so allerhand angestellt. Allerich, so hieß der Bursche, hatte oft Sachen aus dem Laden stribiezt. Sogar Zigaretten waren dabei, die wir dann im hohen Gras neben dem Fluß „ Liebe " zu rauchen versuchten. Das war aber nicht so das Rechte. Interessanter war da schon das Weintrauben klauen. Da wurde dann ein Ball in Nachbars Garten geschossen , möglich dicht an die Weintrauben heran. Beim Ball holen gingen dann jedesmal ein Paar Weintrauben mit. Pech hatte ich einmal beim Soldaten spielen wo ich mich zu hastig in einem Stachelbeerstrauch verstecken wollte. Habe mir am Strauch eine Stelle zwischen den Augen aufgeritzt. Am nächsten Tag schon waren die Augen zu geschwollen. Nach etwa vier Tagen hat mir dann Vater, der zu dieser Zeit Hilfsarbeiter bei den Mauren war, das Geschwulst mit einer Rasierklinge aufgeschnitten. Wir waren zu dieser Zeit wohl nicht Kranken Versichert so daß Er dies aus der Not heraus tat. Wenn ich mir jetzt vorstelle ich müßte ähnliches bei meinen Sohn machen läuft mir schon ein kleiner Schauer den Rücken herunter. Mein Vater aber war ja schon ein kleiner Tierdoktor. Die kleine Narbe ist Heute noch zwischen den Augen zu sehen genau so wie zwei Narben am linken Ohrläppchen wo mich als zweijährigen unsere Ferkel vorgehabt haben.
Nun weiter in Riesenburg. In der Schule klappte es auch nicht so. In der dritten Klasse bin ich sitzen geblieben. An den Lehrer Donner , wir nannten Ihn „ Hosenknopf", habe ich keine guten Erinnerungen. Zum Beispiel hatte Er neben seinem Pult einen Spucknapf zu stehen. Nach der Schulzeit mußten wir dann abwechselnd diesen Napf von seinem „Qwalster" säubern, eine eklige Angelegenheit. Oft bestellte er einige von uns in seinen Schrebergarten wo wir dann Kraut jäten durften. Wenn wir deswegen zum nächsten Tag die Schularbeiten nicht gemacht haben gab es trotzdem etwas mit dem Stock auf die Hose. Bei mir sollte es noch eine Nachprüfung geben. Bin aber nicht hin gegangen da der Prüfer auch ein besonders strenger Lehrer war. Der warf zum Beispiel mit seinem Schlüsselbund durch die Gegend , oder hat uns an den Haaren hoch gezogen. Die 10 Gebote im Religionsunterricht haben die meisten auch mit Stockhieben gelernt.

Religionslehrer war der strenge Prüflehrer. Jeden Morgen wenn er die Klasse betrat sagte er „ wer die Gebote nicht kann, vortreten". Sofort waren die meisten der Klasse vorne angetreten. Es gab einen Stockhieb auf die Hand und es war in Ordnung. Von den sitzen Gebliebenen, es waren meist nur so fünf Stück, wollte er es aber dann wissen. Wenn dann von dehnen einer doch das Gebot nicht kannte, gab es für ihn zwei Stockhiebe. Na ja, so haben wir die 10 Gebote gelernt.

In der Wiederholungsklasse war unser Lehrer ein Herr Häcker. Das war ein prima Lehrer und, oh Wunder, ich hab bei Ihm auch rechnen kapiert, wo ich früher immer Schwierigkeiten hatte.

Zum Ende des Schuljahres wollte mich Herr Häcker sogar bei der „Napoli", wie die National Politische Erziehungsanstalt in Stuhm kurz hieß, anmelden. Mein Vater wollte dies aber absolut nicht da Er von den Nationalsozialisten überhaupt nichts hielt. Mein Vater war überzeugter Sozialdemokrat was Ihm aber bei der Gefangennahme durch die Russen dann auch nichts nützte. Wir wurden Beide dann 1945 nach Rußland verschleppt . (Siehe mein Buch „ Als Jugendlicher 1945 nach Rußland verschleppt".)

Riesenburg war auch deshalb interessant , weil wir oft nach Riesenwalde zu Oma und Opa fahren durften. Dort hatte ich mit unserem Onkel Herbert ein aufregendes Erlebnis. Onkel hatte irgend woher einen Tesching und so gingen wir auf Jagt. In einem Kartoffelfeld in der nähe des Waldes raschelte es auf einmal und ein rötliches Tier entfernte sich langsam. Onkel Herbert legte an und schoß. Als wir aber die Beute , Er hatte natürlich getroffen, aufhoben war es , oh Schreck. der Kater vom Nachbarn Kloppstein. Was war zu machen ? Mußte schnell zu Opas Stall laufen und einen Spaten holen. Wir haben sofort das Tier begraben und Onkel Herbert beschwor mich stillschweigen zu bewahren.

Das habe ich natürlich sehr lange getan.

Allmählich hatte Vater aber von der Schafschererei die Nase voll. Da war dann nur immer Säsonarbeit und oft mußte Er dann Hilfsarbeiten machen. Zum Beispiel in der Rübenernte Waggons mit Zuckerrüben ausladen was eine sehr schwere Arbeit war. Kann mich entsinnen daß Er pro Waggon einen Lohn von 5 RM bekam. Also 5 RM für ca. 2 Stunden Arbeit.

Zu dieser Zeit hat der Gutsbesitzer Herr Pauls aus Wargels einen guten Schäfer gesucht und erfahren daß Vater eigentlich frei war. Eines Tages tauchte Er bei uns auf und wurde sich mit Vater schnell einig.

Es dauerte nicht mehr lange und wir zogen auf einem großen Kasten wagen, den Gut Wargels uns schickte, dort hin.

Das war eine ganz andere Gegend wie in Riesenburg. Hier meistens nur Sandboden und dort in Wargels ein fetter schwarzer Rübenboden.

Zunächst war es mir so`n bis`chen unheimlich denn es wirkte die ganze Landschaft ziemlich dunkel. Die Schäferei, unser „Krauschen" lag ca. 1,5 km vom Dorf entfernt. Mit uns im Haus wohnte noch die FamiliGutmacher.Herr Gutmacher war Treckerfahrer und nebenbei Choffähr bei Gutsbesitzerfamilie Pauls.

Wir bewohnten die eine Hälfte des Hauses und die andere Hälfte teilten sich
eben Familie Gutmacher und später Familie Janzen.
Mit Paul Janzen dem Sohn der Familie habe ich ziemlich viel Zeit verbracht.
Er war auch anhänglich wie ein kleiner Bruder. (Wir sind Heute , im Jahr
2008 , noch befreundet.)
Dort in Wargels habe ich dann in den ersten 2 Jahren so allerhand
erlebt. Hiervon erzählt die Geschichte „ Pferdestall Gut Wargels"
Erinnerungen .
Etwas ruhiger wurde es dann als ich in die Hauptschule Stuhm kam.
Da gab es für mich auch kleine Pflichten. So mußte ich da ,im Sommer
jeden Tag nach der Schule die Lämmer futtern. Es wurde unser   Schimmel
angespannt , zwei Schwadt Luzerne abgemäht und aufgeladen.
Das langte dann für 4 Raufen und ca, 180 kleine Lämmer. Die liefen wie
wild zwischen meinen Füßen herum wenn ich die Luzerne rein trug.
Einmal in der Woche mußte auch der ganze Stall gestreut werden.
Roggenstroh dafür gab es gleich nebenan in der großen Scheune.
Zur Belohnung nahm mich Vater dann auch mal Abends mit ins Kino.
Auf dem Weg nach Stuhm ins Kino, es waren etwa 4 Km, durfte ich dann
auch schon mal eine Zigarette rauchen. War ja immerhin schon
konforrmiert. Erinnern kann ich mich auch daran daß mir Vater auch einmal
ein sehr schönes Taschenmesser geschenkt hat. Leider habe ich dies dann
bald im Heuhafen über dem Stall verloren.
In der Hauptschule war ich ein mittelmäßiger Schüler. In der HJ
(Hitlerjugend) war ich natürlich auch. Der Sache konnte sich keiner
verschließen und es hat auch Spaß gebracht. Wurde bald
Jungenschaftsführer über die Dorfjungen von Wargels, Peterswalde und
Hohendorf. Bekniet haben mich dann die Stuhmer Jungen meiner
Hauptschulklasse in die HJ der Stadt Stuhm um zu wechseln.
Ausschlaggebend war da , daß es dort eine Flieger - HJ gab. Zuvor wurde
ich auch zum Jungzugführer befördert und bekam den Jungzug 4 zugeteilt
worin die kleinen 10 - jährigen Anfänger aufgenommen wurden. Hatte auch
zwei sehr gute Jungenschaftsführer , die Oberschüler waren und schon
ziemlich gut mit den Kleinen umgehen konnten.
In dieser Zeit hatten wir Jungen aus der Stadt und Umgebung oft
Wettbewerbe gegen die Jungen der „Napoli". Besonders beim
Fußballspielen konnten wir sie oft schlagen, Beim Handball sah es da schon
ganz anders aus. Da haben die uns mitunter sogar so 20 Dinger rein
gehauen. Das Schlimme war aber, daß ich beim Handball meistens Torwart
spielen mußte. Der einzige gute Handballer war Adolf Giele, der auch die
Napolianer da vorne ganz schön durcheinander brachte.Adolf Giele wurde
auch später nach dem Krieg bekannt als Spieler von Conkordia Hamburg.
Er wurde sogar oft als Nationalspieler eingesetzt und war da auch Träiner.
Die Napoli war für uns später auch noch interessant. Als die Jungen unser
4. Hauptschulklasse für eine Woche ins Riesengebirge zum Skifahren
durften, waren es zwei Lehrer der Napoli die uns trainiert haben. Diese eine

Woche hat uns viel Spaß gebracht. Wir waren zum Schluß auch noch auf
der Schneekoppe.
Als Skifahrer war ich schon ziemlich geübt, da mein Vater mir schon lange
vorher ein Paar Skier gefertigt hatte. So war es dann auch kein Wunder daß
ich zum Abschluß alle drei Rennen gewinnen konnte. Es waren dies
Langlauf, Abfahrtslauf und Torlauf . Zweiter wurde zum Beispiel beim
Langlauf ein Jungzugführer der Napoli, der zur Unterstützung der beiden
Lehrer mitgenommen wurde. Es war ein prima Kerl so daß wir uns in dieser
Woche etwas angefreundet haben. Haben uns auch später noch einige mal
getroffen.
Mich hat man später in die Leistungsgruppe Ski aufgenommen. Habe sogar
ein Paar Skier nach Hause mit bekommen. Leider wurden die mir dann bald
in Stuhm vom dortigen Polizisten abgenommen weil ich nicht in der Stadt
damit laufen durfte. Ich glaube aber ziemlich sicher daß dies nur ein
Vorwand war und er selbst scharf auf diese Skier war
Zwischendurch waren Erich Grahlke , Johannes Knitter und ich noch zum
Schießwartlehrgang in Bodenwinkel . Wir wurden dort ganz schön
geschliffen. Bei einem Wettschießen dann später in Danzig Langfuhr
zwischen Ostpreußen , Pommern und Westpreußen haben Erich Grahlke
und ich dann nicht so gut abgeschnitten. Vielleicht gilt als Entschuldigung
daß wir nicht unsere eigenen Gewehre mitnehmen durften. So jedenfalls
haben wir unser Westpreußen ganz schlecht vertreten.
Eines Tages kam dann Johannes Knitter mit der Nachricht in die Schule, Er,
Erich Grahlke und ich müßten nach Zoppot zu einem Faustballwettkampf
und den Kreis Stuhm vertreten. Er hatte auch schon bei Herrn Rektor für
einen Samstag frei geholt. Erst als wir dann im Zug nach Zoppot saßen, hat
Knitter uns erzählt daß das gar nicht stimmte und Er sich nur in Zoppot am
Strand vergnügen wollte. Übernachtet haben wir in einer Feldscherschule
wo Knitter einmal zu einem Kursus war . Kniffelig wurde es dann als wir
zurück in Stuhm am Bahnhof waren und uns dort unser Rektor entgegen
trat. Knitter aber ganz frech zu Herrn Eich, als der nach unserem Erfolg
fragte. Ja, wir haben den zweiten Platz hinter Danzig belegt. Herr Eich hat
das geglaubt und uns gelobt da Er ja wußte, daß wir wirklich ganz gut
Faustball spielen konnten. Mulmig war es Erich Grahlke und mir da aber
schon.
Na ja so ging die Zeit sehr schnell voran. Es gab Schularbeiten zu machen
und Pflichten in der Schäferei. Es war die Ruhe vor dem Sturm denn die
Kriegsfront kam näher und näher. Es kam die Flucht, die Gefangenschaft
mit Trennung von Familie und Heimat.
Darüber möchte ich dann in einem anderen Zusammenhang noch Einiges
berichten. Vieles davon steht schon in meinem Buch „ Als Jugendlicher
1945 nach Rußland verschleppt „ aber Einiges gäbe es da schon noch zu
berichten. (Fortsetzung folgt)

Pilze sammeln mit Hindernissen.

Tante Toni , eine jüngere flotte Dame, war oft bei Ihrer Verwantschaft, unserem Nachbar Gutmacher, zu Besuch.
Als ich Ihr eines Tages erzählte daß es , in den großen Koppeln ganz in der Nähe, sehr viele Wiesen-Champinions gibt, war Sie hell auf begeistert. Ich wußte wo dort sehr viele dieser schönen Pilze wachsen und Tante Toni bat mich, Ihr doch diese Stellen zu zeigen.
Besonders nach Regen wuchsen die Champinions recht gut und so gingen wir beide auf Pilzjagt. Es ging über ein Feld zu den Koppeln. Vor der Stacheldraht - Einzeunung war innen ein ca. 60 cm hoher Elektrozaun gespannt. Der Strom darauf war zwar nicht so stark, aber für ein kleines Erschrecken der guten Tante, so meinte ich, könnte es reichen. So kam`s dann auch. Habe Ihr zunächst ganz höflich durch den Drahtzaun geholfen.
Bin dann voran über den Elektrodraht gestiegen. - Tante Toni forsch hinterher. - Sie stieg ganz normal mit einem Bein rüber und hielt sich dazu noch mit beiden Händen fest. - Ach herje, war das lustig - Sie juchte auf und stammelte immer „ Ha - ha - ha!" Erbost stand Sie danach da und es war mein Glück, daß ich vorsichtshalber ca. 10 Meter Abstand gehalten hatte. „ Du verdammter Lorbaß" rief Sie, „ hättest Du mich nicht warnen können „? Sie hat sich lange nicht beruhigen können. Beruhigend sagte ich Ihr, daß es doch nur Schwachstrom sei und Sie sich doch wohl nur erschrocken hat weil es etwas kribbelte.
Sie rief, „ ich kribbele dir gleich etwas hinter die Ohren „!
 Hat sich dann aber doch bald beruhigt und ich führte Sie zu der Stelle mit den vielen Pilzen hin. Danach gingen wir zufrieden nach Hause, wobei Tante Toni auch bewußt den Elektrozaun an faßte und meinte, daß es wirklich nur bis`chen kribbelte.
Abends hat Sie dann die Pilze gebraten und mir sogar einen Teller voll ab gegeben. So haben wir uns wieder vertragen.
Schnell weg laufen mußte ich aber immer, wenn ich später zu Ihr leise „Ha - ha - ha „ rief. --- Ja, ja Tante Toni , auch eine schöne Erinnerung .

Günther Müller, 29571 Rosche (früher Wargels)

Besinnliches aus der Gefangenschaft

Es ist schon recht gut im Leben eingerichtet. Das Schlechte wird
schneller vergessen beziehungsweise verdrängt , das Gute bleibt länger
in Erinnerung.
Sogar in der doch schweren Zeit meiner Zivilgefangenschaft in Rußland
überwiegen im Nachhinein die guten Erinnerungen.
Zum ersten Lager „Osanowa" , ca, 200 Km östlich von Moskau ,erinnere
ich mich zum Beispiel sehr gerne an die doch gute Kameradschaft unter
uns Gefangenen.
Auch sogar an den 17- jährigen rußischen Mitgefangenen Grischka. Wir
haben uns bei der Waldarbeit zusammen gefunden. Mußten zum Beispiel
ca. drei Meter lange Holzstämme zur Bearbeitung zusammen tragen.
Grischka bekam natürlich dann auch von mir die Hälfte meiner
Sonderration Tabak ab, die ich für gutes Arbeiten bekommen hatte.
Er hatte ja auch seinen Anteil daran.
In der großen Holzkirche, wo wir untergebracht waren, hatte ich zunächst
nur einen kälteren Platz auf der unteren Pritsche. Grischka hat da aber
bald darauf bestanden daß auch ich auf der oberen Pritsche neben Ihm
einen Platz bekam. Die polnischen Mitgefangenen haben zwar gemeutert
aber die Russen hatten zu bestimmen.
Ich kam überhaupt sehr gut mit den jungen russischen Mitgefangenen ,
Leute der Wlassow Armee und meistens Studenten aus.
Es gab da oft lange Diskussionen über den furchtbaren Krieg und die
Verbrechen die da geschehen sind. Da wurde mir das erste mal vor
Augen geführt, wie dieser Hitler uns alle verführt hat.
Später wurde ich der Deutschen Frauenbrigade zur Arbeit im Moor
zugeteilt. Hier habe ich besonders den Wachmann Grischa in Erinnerung
in seiner netten und lustigen Art. Er hat uns oft in kleineren Pausen mit
Gesang unterhalten und Erholung gegönnt.
Grischa war Kaukasier und hat sehr von seiner schönen Heimat
geschwärmt. Er wollte sogar Eva Volkner, unsere Gruppenführerin
heiraten.
Ja, ja in dieser ersten Gruppe mit Eva, Frieda , Carola , zwei anderen
Mädels deren Namen mir entfallen sind,und mir herrschte eine sehr gute
Kameradschaft.
Die fünf Mädels unserer Gruppe waren die einzigen von ca. 40 Mädels
und Frauen die Gesundheitsgruppe 1. Ich wurde, wegen meiner
angefrorenen Zehen und des inzwischen etwas schwachem
Gesundheitszustand in Männergruppe 2 eingestuft und dieser
Frauengruppe 1 zugeteilt.
Es war eine verhältnismäßig schöne Zeit. Wir waren uns immer einig und
haben zum Beispiel unsere Tagesration Brot gerecht geteilt.

Ja mir kam es mitunter sogar so vor als ob Eva, die meistens die
Rationen eingeteilt hat, mir oft das größte Stück zuschanzte.
Werde auch nie vergessen, wie Sie mir zu meinem 17. Geburtstag Ihre
gesamte Tagesration mit den Worten „ so Jung, damit Du dich einmal
richtig satt essen kannst " schenkte.
Habe darüber ja schon in meinem ersten Buch „ Als Jugendlicher 1945
nach Rußland verschleppt" berichtet. Es war aber doch solch liebe Geste
von Eva, daß ich es noch einmal erwähnen möchte. Kann sagen, daß ich
mich kaum später mehr über ein Geburtstagsgeschenk gefreut habe.
Berichten und hervorheben möchte ich hier aber auch das Verhalten
unseres mongolischen Lagerarztes der wirklich mein Leben gerettet hat.
Er sah übrigens ähnlich aus wie der Schauspieler Peter Mposbacher.
Der Dr. hat früh ,bei Kontrollen auf der Arbeitsstelle, gemerkt daß ich
ganz gut gearbeitet habe. Die 100 Gr. Tabak hat dann Er mir zugeteilt.
Als es mir dann sehr schlecht ging, wurde ich sofort von Ihm von der
schweren Arbeit des Wassertragens für die Küche befreit. Wurde
nämlich, als die Frauengruppe aufgelöst wurde, als Wasserträger
zugeteilt.
Er schickte mich dann auch , mit einigen Anderen, als Schwerkranker in
das zweite Lager „ Severna - Griba" .
Leider wurde ich da von den Mädels getrennt die auch, allerdings in ein
anderes Arbeiterlager geschickt wurden.
Glücklicherweise habe ich dann einige von Ihnen , zum Beispiel Eva und
Carola, im Entlassungslager „ Schatura - Torf „ wieder getroffen. Die doch
sehr starke Frieda war leider verstorben.

- Severna - Griba -

In diesem Lager kam ich als Erstes vier Wochen ins Lazarett. Hatte sehr
stark geschwollene Beine (Distrofie)
Nach der Entlassung wurde ich in Gruppe 4 zurückgestuft. Brauchte ab
da nicht mehr zur Arbeit aufs Feld gehen. Habe mich aber zu jeder Arbeit
gemeldet die da anfiel. Gute Erinnerungen habe ich da auch an
Arbeitszeit in der Banja.
Hatte guten Kontakt zu den russischen Menschen da ich mich frei
zwischen Lager und Banja bewegen konnte.
War für Sie der „Nimsie - Pazahn „ was soviel wie „Deutscher Junge „
heißt.
Durfte dabei sein, wenn die durchweg hübschen russischen Mädchen am
Wochenende Ihre Tänze aufführten. Dazu wurde wunderbar gesungen.
Mir haben die russischen Frauen auch selbstgekochte Seife abgekauft.
War dann zwischendurch auch im Orts - Basar um Tabak zu kaufen.
Dort im Lager habe ich auch einen guten Freund gefunden. Es war
Gerhard Gohlke mit dem ich zusammen Wasserträger für Küche und
Teeküche war. Gerhard hat dann später zu Hause bei einer amtlichen
Befragung zu meinem Verhalten im Lager geschrieben „ Wenn Alle sich

so verhalten hätten wie Herr Müller wären viel mehr nach Hause
gekommen und nicht, wie unser beider Väter , in russischer Erde
begraben worden".
Als wir uns nach 50 Jahren wieder gefunden haben und Gerhard mit
seiner Frau uns besucht haben, sagte Er in einer Befragung durch
unsere Zeitung. Auf der ganzen Fahrt zu uns wäre es Ihm vorgekommen
als ob Er seinen Bruder besucht.
Es ist sonst nicht meine Art mich hervor zu heben aber ich möchte
aufzeigen welch wirklich echte Kameradschaft im Lager zwischen uns
herrschte. Möchte nachfolgend doch einmal das Gedicht „ Freund in der
Not „ aufschreiben welches mir Gerhard als Erstes, noch vor seinem
Besuch zugeschickt hat .

- Freunde in der Not -

In glücklichen Tagen ist niemand allein,
da stürmen die Freunde zur Tür herein
und feiern mir Dir voller Übermut
Dann glaubst Du wirklich, sie meinen es gut.

Bedenke, es kommen auch schwere Zeiten,
erfüllt von Krankheit und Sorge und Not
dann werden die Freunde Dich nicht mehr geleiten,
die Treue versprochen bis in den Tod.

Sie kommen nie wieder zu Dir zurück
denn Dich verließen ja Wohlstand und Glück,
Doch wäre nur einer , der bei Dir bliebe
dann gäbe es Glauben an Freundschaft und Liebe.
Verfasser unbekannt

Finde dieses Gedicht auch passend für uns Beide.
Aber nun weiter in meiner Erzählung
Als wir ins letzte Lager umgezogen sind, hat mir die Komandantenfrau
durch Ihren kleinen Sohn „ Pjiroggen „ geschickt, als ich mit einer älteren
deutschen Frau langsam hinter den Übrigen zum Bahnhof ging.
Sie rief uns zu „ Doswidanja Nimsie Pazahn , skoro pajedjetche Domoy „.
was soviel heißt wie : „ Auf Wiedersehn Deutsche Junge, bald fahrt Ihr
nach Hause". Ich wollte es nicht glauben, aber Sie sollte recht behalten.
Ja der russische Mensch hat tief im Inneren eine gute Seele. Die
Mentalität dieser Menschen ist mir auch später sehr positiv aufgefallen.
Sie sind meistens gutmütig und sehr ehrlich.
Kommen unserem Ost- und Westpreußichem Charakter recht nahe.
Als kleinen Vergleich folgende Geschichte:

Erinnere mich an einen jungen Ostpreußischen Anwalt von dem ich
später recht schnell Haus und Lagerhalle in Uelzen gekauft habe.
Nach unserer ersten telefonischen Verkaufsverhandlung sind wir uns so
schnell einig geworden daß ich zweifelnd nachfragte : Ist der Verkauf nun
wirklich klar ? Worauf Er mit Überzeugung sagte „ Na Herr Müller, wenn
ein Ostpreuße Ja sagt, dann ja!"
Was ich damit sagen will, auf den russischen Menschen ist meistens
genau so`n Verlaß wie auf unsere Landsleute.

Nun aber weiter mit den positiven Erinnerungen meiner Gefangenschaft.
Inzwischen waren wir in unserem letzten Lager „ Schatura - Torf „
gelandet.
Die erste positive Überraschung war, daß dort mein guter Dr.
„Mosbacher" wie ich Ihn nennen möchte , aus dem ersten Lager
„Ossanowa" auch hier zuständig war. Der Dr. war ehrlich erfreut, daß wir
uns wieder gefunden haben.
Auch in diesem Lager konnte ich mich ziemlich frei bewegen. Wurde als
Nachtwächter eingeteilt und Freund Gerhard Gohlke als Aufpasser für
zwei Pferde die zum Lager gehörten.
War auch Hilfswachmann als ungarische Gefangene ins Dorf zum
Wasser holen mußten. Diese Ungarn haben im Dorf oft gebettelt was
unterbunden werden sollte Ein ungarischer Major, der das Kommando
über seine Landsleute führte, hatte Ihnen extra befohlen das Sie mich zu
akzeptieren hatten. Na jedenfalls kam ich recht gut mit Ihnen klar.
Russische Wachposten waren da nur zwei Mann, die sich im Dienst
ablösten und immer auf der Lagerwache bleiben mußten.
Jeder Gang in das etwa ½ Km entfernte Dorf war eine kleine Erholung.
Man konnte den dunklen Bretterzaun für kurze Zeit vergessen und frei
durchatmen.
Besonders frei fühlte ich mich, als ich einmal vom Haus des Doktors , der
am gegenüber liegenden Ende des Dorfes wohnte allein zurück ins Lager
ging. Hatte Ihm einen halben Sack Kartoffel nach Hause getragen und
wurde dafür reichlich mit Tabak, Zigarettenpapier und einer Hand voll
Kartoffel belohnt. Bin danach, wie gesagt, ganz langsam durchs Dorf ins
Lager gegangen. Fühlte mich frei wie selten in dieser Zeit. Grüßte die
Dorfbewohner, die freundlich zurück grüßten.
Auf einer Bank, Mitten im Dorf , habe ich einige Zeit verweilt. Sofort waren
einige Kinder des Dorfes bei mir und haben mich neugierig ausgefragt.
Die Kinder haben durchweg recht deutlich gesprochen, so das ich Sie
recht gut verstehen konnte.
An diesen Gang durchs Dorf erinnere ich mich sehr gerne und das kleine
Stückchen Freiheit.
Bald machte die Kunde im Lager die Runde, daß es bald nach Hause in
die Heimat gehen sollte.

Eines Tages kam da die kleine schüchterne Carola auf mich zu und fragte
„ Du Günther nun soll es ja bald nach Hause gehen. Ich komme aus
Berlin und habe keine Angehörigen mehr. Wie ich von Dir weiß, lebt ja
Dein Vater auch nicht mehr. Wollen wir Beide da nicht zusammen
bleiben? Du bist ja schon lange wie ein großer Bruder zu mir.
War da schon bis'chen bewegt ob diesem schönen Vertrauens.
Damals hatte ich ja noch geglaubt zurück nach unserem Wargels in
Westpreußen zu können. Hatte mir vorgestellt dort wieder eine Schäferei,
wie mein Vater , auf zu bauen und hätte Carola tatsächlich erst einmal
dorthin mitnehmen können. Konnte merken, daß Sie sehr erleichtert war
als ich Ihr zusagte.
Wir wußten ja da in Gefangenschaft nicht, wie unser Deutschland
inzwischen aufgeteilt wurde. Mußte später ja auch Mutter und Schwester
suchen.
Na jedenfalls zeugt diese Frage von Carola von großem Vertrauen und
guter Kameradschaft was mich schon etwas stolz gemacht hat.
Eine kleine Geschichte aus dem Lager „Severna - Griba"sollte ich
vielleicht doch noch nachreichen. Es betrifft Krankenschwester Erika zu
der ich auch eine freundschaftliche Verbindung hatte und für die ich ein
Kontaktmann zu einer Freundin von Ihr aus der Heimat Lettland war.
Diese Freundin lebte außerhalb des Lagers. Bei meinen Gängen zur
Banja habe ich dann für Beide kleine Botengänge getätigt.
Habe es sehr gerne getan obwohl es auch etwas gefährlich war.
Mir wurde aber jedes mal bei den Russenmädels da draußen etwas zu
Essen zugesteckt. Ach ja und was ich auch noch einmal erwähnen
möchte. Schwester Erika hat tatsächlich für mich ein Paar Socken
gestrickt, oder hat das eventuell Ihre Freundin getan? Woher hatte wohl
Erika die blaue und schwarze Wolle bekommen sollen ?
Habe mich darüber natürlich sehr gefreut. Leider wurden mir dann aber
diese schönen warmen Socken, mit andere kleinen Sachen, bei einer
Bahnfahrt in Berlin von einer kleinen kränklichen Frau gestohlen.
Die Nachricht von der Heimfahrt hat sich zum Glück bestätigt und es
sollte wirklich nach Hause gehen. (Auch hierüber habe ich ziemlich
ausführlich in meinem ersten Buch „ Als Jugendlicher 1945 nach Rußland
verschleppt „ geschrieben.)
Habe nach der Heimkehr dann auch bald Mutter und Schwester im Kreis
Uelzen gefunden. Carola war dann doch im letzten Lager in Berlin -
Rüdersdorf geblieben.
Zu Hause wurde ich nach kurzer Arbeitszeit bei einem Bauern schwer
Herzkrank. Es war eine schwere Herzmuskelentzündung. Konnte dann
aber nach zwei Monaten, zum 1. 1. 1947 die Lehre als Ofensetzer bei
Namensvetter Müller beginnen. Aus dieser Lehr- und Gesellenzeit möchte
ich doch in der Folge einige Episoden erzählen.

Lehr - und Gesellenzeit (Kur Höxter, Bad Rothenfelde)

Am 1. Januar 1949 begann die Lehrzeit und endet nach 2 ½ Jahren mit einem sehr guten Gesellenbrief.
Bei der Familie Müller des Lehrmeisters hatte ich Familienanschluß.
Es war eine recht gute Zeit. Sicher war der Beruf nicht so leicht, wie es mir das Arbeitsamt seinerzeit weiß machen wollte, aber er hat mir doch viel Spaß gebracht. Nicht umsonst haben später vier meiner Kinder, darunter sogar Tochter Helga, diesen Beruf erlernt.
Viel Mühe aber machten uns die doch sehr schweren transportablen Kachelöfen. Meister Müller hatte sich schon daran verhoben und auch ich bekam am Ende Rückenprobleme.
Zwischendurch habe ich auch einmal die Stelle gewechselt und war für ein Jahr bei der Firma Bock in Lüchow. Dort wollte ich in erster Linie das Fliesen verlegen lernen. Für diese Arbeit waren im Kreis Lüchow nur die Ofensetzer zuständig. Es gab da noch keine Berufsfliesenleger und die Maurer haben sich hierin auch nicht versucht und sind gescheitert.
So zum Beispiel bei einem Fuhrunternehmer wo sie mit dem fliesen der Küche angefangen hatten aber absolut nicht weiter kamen.
Dort mußten dann Meister Bock und ich einspringen und mußten, wegen eines Termins , die Arbeit schnellstens fertig bringen. Es wurde sogar die Nacht durchgearbeitet. Es war die Nacht zum 1. Mai jenes Jahres.
Als wir am nächsten müde fertig waren gingen draußen die ersten Männer mit Bollerwagen und Getränken auf Vatertagstour.
Ein Erlebnis gab es in diesem Jahr, das uns einen mächtigen Schrecken eingejagt hat. Wir haben in einer großen Halle der Landwirtschaft Genossenschaft Fliesen verlegt. Habe im Obergeschoß eine Küche gefliest und hatte als Handlanger eine ziemlich tranige Hilfskraft. Unten im Erdgeschoß waren Heizungsbauer beim schweißen. Plötzlich gab es da unten einen gewaltigen Knall. Es stieg Rauch zu uns da oben hoch.
Der Handlanger bemerkte das zuerst und flüchtete jetzt wach geworden Hals über Kopf die Leiter runter. War zunächst der Meinung da unten wäre nur die große Hallentür kräftig zu geschlagen.
Hörte aber dann meinen Meister Bock ganz aufgeregt rufen „ Günther komm sofort runter"! Ich also nichts wie weg. Habe dabei in der Aufregung einen meiner Holzschlorren verloren. Anstatt schnell weiter zu laufen bin ich kurz umgekehrt und habe ihn geholt.
Alle anderen Handwerker standen da schon draußen in sicherem Abstand zur Unglücksstelle. Da drinnen war nämlich einem Gesellen ein Schlauch der Schweißanlage geplatzt und der austretende Kohlenstoff hat sich in Verbindung mit der Luft an der Schweißflamme entzünden und brannte in Richtung Sauerstofflasche. Es wäre sicher bald zur Explosion gekommen

wenn nicht ein mutiger Dachdecker Geselle geistesgegenwärtig die
Flasche zugedreht hätte.
Die ganze Halle mußte später gereinigt und neu gestrichen werden denn
sie war gewaltig verrußt. Der mutige Geselle bekam dann von uns Allen
den verdienten Applaus. Das war ein sehr aufregender Vorfall dort in
meiner Zeit in Lüchow.
Habe dann nach fast genau einem Jahr die Stelle gekündigt.
Georg Bock hat zum Schluß dann doch von mir etwas viel verlangt. Es
wurden laufend Überstunden und sehr oft Nachtschichten eingelegt. Die
Löhnung stimmte dagegen nicht mehr.
Mein Lehrmeister Rudolf Müller ist dann nach Lüchow gekommen und hat
wesentlich mehr geboten. Habe also wieder in Bevensen angefangen.
Meine erworbenen guten Kentnisse als Fliesenleger kamen mir da, und
später im eigenen Geschäft, sehr zu Gute.
Dort bei Müller hat inzwischen auch meine jetzige Schwägerin Agathe als
Hausmädchen angefangen. Ihre Schwester Ida, meine jetzige Frau, war
bei Bauer Hoburg in Sasendorf in Stellung.
Bis dahin war ich ja noch ein eingefleischter Junggeselle.
Meine Stammkneipe in Bevensen war „ Sagels - Gasthaus." Hatte da
meinen Stammplatz gleich vorne links neben der Eingangstür.
Von dort in der äußersten Ecke konnte ich , und das hat manchen Spaß
gebracht , zu vorgerückter Stunde so manch Betrunkenen beobachte.
Was da mitunter so alles herum gefaselt wurde war oft zu spaßig.
Die Wirtin „Mutti Sagel" und Ihr Mann „Onkel Otto" waren mir ziemlich
zugetan. Ein gutes Vertrauen war da zwischen uns. Mußte zum Beispiel
ziemlich oft „ Onkel Otto „ suchen und aus anderen Gastwirtschaften
heraus holen wenn Er wieder mal seine Spritztouren gemacht hat.
Neben an war das Kino „ Heidespiele". Da gab es dann noch „ Tante
Anna" Ehlers für die ich oft während der Filmvorführungen am
Lautenregler gesessen bin. Bei „ Tante Anna " kam ich meistens
umsonst in den Film rein. Erwähnen möchte ich auch daß bei Sagels
nette Hausmädchen beschäftigt waren. Mitunter mußte ich auch auf sie
aufpassen wenn Sagels ausgegangen waren. Es kamen da doch, meist
zu späterer Stunde , Angetrunkene herein und dröhnten herum.
Ein Aufpasser war da manchmal schon notwendig.
Als ich eines Abends nach Hause kam standen da Agathe und Ihre
Schwester Ida im Flur. Agathe hatte Ihre Schwester in Sasendorf besucht
und wurde anschließend von Ihr nach Bevensen gebracht. Inzwischen
war es stockdunkel geworden und Ida hatte wohl etwas Angst alleine
nach Hause zu gehen. Agathe bat mich, Ihre Schwester nach Hause zu
bringen. Das kam mir eigentlich sehr recht, denn ich hatte schon lange
auf diese Gelegenheit gewartet. Bin Ihr nämlich schon vor ca. einem Jahr
in Altenmedingen begegnet. Sie hat mich damals schon sehr beeindruckt.

Habe diese erste Begegnung im beiliegenden Gedicht „Der allererste Blick" festgehalten. Wie darin zum Schluß beschrieben , wollte ich bei der nächsten Begegnung schon „ etwas schärfer „ rann gehen.
Na ja, als ich Ihr dann zum Abschied den ersten Kuß drauf drückte, war dies der Anfang einer schönen Liebe.
Heute nun sind wir schon 52 Jahre verheiratet.
Die Hochzeit war am 1. April 1956. Warum es ausgerechnet der 1. April sein mußte, kann ich im Nachhinein nicht so recht sagen. Hatte schon im stillen die Befürchtung daß mein Schatz eines Tages sagen würde „ Das gilt nicht, das war ein Aprilscherz".
In all diesen Jahren haben wir jedoch Freude und Leid geteilt.
Viel Kummer bereiteten die Krankheiten, die sich bei mir einstellten.
Mußte viermal zur Kur durch welche sich doch entscheidendes geändert hat.
So bekam ich nach dem ersten Kuraufenthalt in der „Weserberglandklinik" in Höxter bei Firma Müller eine vorläufige Kündigung wegen Atbeitsmangel ausgesprochen.
Mich hat das doch sehr verärgert. Immerhin war ich gut 9 Jahre dort beschäftigt.
Bin sofort zur Konkurenz vor Ort, der Firma Max Spindler, gegangen. Herr Spindler hat mich auch gerne sofort eingestellt. Ich war ja inzwischen bei der Kundschaft in Bevensen und im Kreis Uelzen recht gut bekannt.
Es brachte daher auch der Firma Spindler einigen Nutzen.
Bei Spindlers war das Arbeitsverhältnis sehr gut. Meister Spindler legte besonderen Wert auf gute Arbeit. Konnte, oder mußte es das schon etwas ruhiger angehen lassen. Das war ich von Firma Müller nicht gewohnt da wurde etwas ungenauer gearbeitet.
Meister Spindler hatte mir auch zugesagt, daß ich sein Geschäft später pachten kann. Er war ja zu dieser Zeit schon fast im Rentenalter.
Hatte da schon jetzt ziemlich freie Hand. Habe Angebote und Zeichnungen gemacht und Aufträge herein geholt.
Wir haben zusammen mit dem Großhändler Peter Jensen verhandelt und oft wurden meine Empfehlungen akzeptiert.
Es lief also alles in gewünschter Form.
Am 29. 4. 1957 wurde unser Sohn Harald geboren. Ein Prachtjunge.
Tochter Helga kam dann im nächsten Jahr und wurde am 29. 5. 1958 geboren.
So allmählich ging es dann los mit meinen Krankheiten.
Mußte ins Bevenser Krankenhaus wegen schlechter Blutwerte. Danach ging es zur Kur nach Bad Rothenfelde. In dieser Zeit wurden mir in Georgs Marienhütte die Mandeln heraus genommen und ein Grützbeutel am Vorderkopf entfernt. Man hoffte daß sich dadurch die Blutwerte bessern würden.

Wurde bei der Entlassung dann weiter krank geschrieben und sollte danach nur leichtere Arbeiten verrichten.
Nach Rücksprache mit dem Arbeitsamt sollte ich umgeschult werden.
Durch einen Test wurde festgestellt, daß ich fast Alles anfangen könnte.
Von mir ist dann der Vorschlag gekommen, daß das Arbeitsamt mir die Ofensetzer - Meisterschule in Stuttgart bezahlt. Die dauerte nur 4 Monate und ich hoffte danach kurzfristig als Meister arbeiten zu können. In Stuttgart bei einem Orthopäden mußte ich dann erfahren, das ich „Morbus Bechterew" habe und diese Krankheit der Grund für die schlechten Blutwerte ist. Werde den Besuch bei diesem Dr. nicht vergessen. Als ich sein Untersuchungszimmer betrat sagte Er sofort als Er mich reinkommen sah : „Aha da kommt ein Bechterew"! Hatte bis dahin noch nie diesen Krankheitsnamen gehört. Dieser Orthopäde hat sich daraufhin gewundert daß dies mir bisher noch keiner gesagt hat. Er sagte weiter, Ihre etwas gebeugte Haltung und der „Wolfsblick" deuten doch einwandfrei auf diese Krankheit hin. Endlich nach dieser Zeit wurde speziell die Bekämpfung des Bechterews in Angriff genommen. Leider war es da schon reichlich zu späht.
Bald nach der Beendigung der Meisterschule bekam ich, durch Vermittlung des Schulrektors die Meisterstelle in Geislingen / Steige bei der Firma Laich eine Stellung. War dort im Planungsbüro für die amerikanische „Colemann - Heizung „ zuständig.
Nach einer Probezeit von 3 Monaten wurde ich fest angestellt und konnte meine kleine Familie nachholen. Wir haben durch die Firma Laich eine schöne Wohnung in Kuchen / Fils zugeteilt bekommen.
Auch meiner Frau und den Kindern hat Kuchen sofort gefallen.
Bei der ersten Gelegenheit wurden sofort Spaziergänge in die schöne Berggegend unternommen.
Wir hatten zunächst gedacht daß es hinter den Bergen wieder runter ging. Waren aber angenehm überrascht daß sich dort sogar zum Teil eine Heidelandschaft, ähnlich wie wir es von der Lüneburger Heide kannten, auftat.
Wir waren jedenfalls sofort überzeugt, daß wir uns hier bald einleben könnten. Das hat sich auch bestätigt. Über diese Zeit in Kuchen möchte ich im nächsten Bericht schreiben der da heißen soll „Die Zeit in Kuchen/Fils."

G. Müller

Berufsfachschule Lehmkenhafen auf Fehmarn.

Wir Ofensetzerlehrlinge hatten zunächst keine fachbezogene
Berufsschule und waren den Maurern und Zimmerleuten zugeteilt.
Der Unterricht wurde in der Scharnhorstkaserne in Uelzen
abgehalten.
Dort bin ich eines Tages auch meiner ehemaligen Mitschülerin Juta
Soth aus Stuhm in Westpreußen begegnet. Haben uns aber dann bald
aus den Augen verloren bis Jutta sich vor einem Monat, also nach 56
Jahren, wieder bei mir gemeldet hat. – Aber dies nur nebenbei -- .
Nun wurde endlich für uns Ofensetzerlehrlinge bundesweit eine
Berufsfachschule in Lehmkenhafen auf Fehmarn eingerichtet.
Im Kreis Uelzen waren wir 4 Lehrlinge in unserem Fach.
Bei Firma Stelzer Erwin Hübner und Helmut Cybulla, bei Firma
Meier Horst Bodo Meyn und ich bei Firma Müller in Bevensen.
Die ersten Lehrgänge dauerten 7 Wochen. Der für uns Erste und
auch Letzte war im dritten Lehrjahr im Spätsommer und Herbst
1948.
Bin seinerzeit einen Tag später in Lehmkenhafen angereist da ich für
die Fahrtkostenbefreiung noch die Unterschrift meiner Mutter
benötigte. Damals durfte man erst ab 21 Jahren selbst entscheiden,
obwohl wir, bedingt durch die Erlebnisse in der Kriegszeit , schon
vernünftiger waren.
Die Bahnstrecke bis Fehmarn hoch ging`s mit der Normalbahn. In
Hamburg konnte man noch die vielen Zerstörungen durch die
Bombardierungen sehen. Mit der Bimmelbahn erreichte ich dann die
Endstation Putgarden und ging dann noch 3 km bis Lehmkenhafen.
Das Berufsschulhaus war ein größerer roter Klinkerbau Der Ort
selbst war nicht sehr groß.
Am imposantesten eine schöne Mühle, die auch damals schon zur
Besichtigung frei gegeben war. Lehmkenhafen hatte eine Poststelle,
einen Kaufmannsladen und eine Gastwirtschaft.
Als ich dort Abends ankam , waren sämtliche Lehrlinge meiner
Klasse schon unterwegs. Im Nachbarort war Cirkus und
anschließend ging`s zum Tanz.

Dabei gab`s die ersten Reibereien mit den Dorfjungen . Grund,
natürlich die Mädels. Es kann ja auf die Dauer auch nicht gut gehen,
wenn die Mädelchen auch uns schöne Augen machten.
Hübsche Dinger waren da schon bei und besonders eine blonde
Ostpreußin hatte es mir angetan. Ihrem Freund, einem großen
starken Fischerjungen, hat das natürlich gar nicht gefallen.
Als Lydia, so hieß das Mädel, mich dann Tage später auch noch bat
sie abends zu einer Schusterwerkstatt im Nachbarort zu begleiten
schaukelte sich die Rivalität so langsam hoch.
Es wäre für mich auch sehr gefährlich geworden, wenn bei einer
Schlägerei vor der Schule mein Freund Erwin Hübner nicht
rechtzeitig das Messer in der Hand des Burschen gesehen hätte.
Erwin, der bei der Leibstandarte Adolf Hitler und so sehr
kampferprobt war sprang ihn von der Seite her an und trieb ihn in
den Dorfteich. Er hatte Erwin aber doch knapp mit dem Messer
erwischt und durchs Hemd die Haut geritzt. Unser Lehrer, Herr
Zaijunz, hatte inzwischen die übrige Streiterei geschlichtet. Ich kann
Heute noch Erwin Hübner dankbar sein denn ich hatte das Messer
nicht gesehen und wäre da wohl voll rein gelaufen.
Die Reibereien hielten die ganze Zeit über an. Viel dazu beigetragen
hat da auch unsere Unterstufe, ca. 20 Jungen im alter von 15 - 16
Jahren. Die Burschen haben zu gerne die Fischerjungen angepöbelt
und wir Älteren mußten es oft ausbaden. Unsere Oberstufe war auch
ca. 20 Mann stark und im Alter von 20 bis gut 30 Jahren..
Wir waren natürlich auch beim Tanzvergnügen in der einzigen
Wirtschaft dabei. Weiß noch daß da gerade der Sambatanz aufkam
So wurde zum Beispiel zu den Liedern . "Ei, ei Maria, Maria aus
Bahia" oder „Am Zuckerhut, am Zuckerhut da geht`s der Seniorita
gut" geschunkelt.
An einem der letzten Sonntage haben wir, Erwin, Horst und ich uns
die Segelregatta um die Insel Fehmarn in Ort angesehen. Es war
sehr intressant und hinterher wurde draußen auf einer Tanzfläche
unter freiem Himmel getanzt. Zu dieser Zeit hat wir aber nicht einmal
Geld für den Eintritt. Unser karger Lohn langte gerade so für
Zigaretten und auch da mußten wir uns sehr einschränken.

So langsam ging der Schulbetrieb nun zu Ende. Zwischendurch gabs auch noch eine Besichtigung einer Ziegelei in Burg.

Wir hatten in diesen 7 Wochen doch sehr viel gelernt. Mit Meister Zaijunz hatten wir aber auch einen sehr guten Lehrer.

Er war auch noch später Lehrer in Neustadt und Husum. Von Ihm wurden auch meine Söhne Harald und Holger und auch Tochter Helga, die Bundesweit die erste weibliche Ofensetzerin war, geschult.

Mir hatte Er zum Abschluß ein recht gutes Zeugnis ausgestellt.

Bis`chen spannend wurde es aber doch noch als es hieß, die Fischerjungs würden uns auf dem Weg zur Bahn nach Putgarden abfangen und vermöbeln wollen. So etwas brachten meistens nur die kleinen Burschen aus der Unterstufe auf. Na ja, das war blinder Alarm denn da hätte schon eine ganz schöne Meute anrücken müssen um uns 20, doch ziemlich starken Kerle, in die Flucht schlagen zu können.

Im Jahr 1949 war dann die Gesellenprüfung die ich auch recht gut bestanden habe. Nach der Freisprechung ist es mir da aber garnicht gut gegangen. Wir 4 frisch gebackenen Gesellen haben die bestandene Prüfung im Clubhaus von „Teutonia Uelzen" nachgefeiert. Soweit ging es noch ganz gut, aber als Erwin Hübner auf die Idee kam jetzt als Gesellen müßten wir doch erst einmal eine dicke Zigarre rauchen ging`s in die Hose. Mir ist danach so übel geworden daß sie mich zur Bahn bringen mußten und in den Zug nach Bevensen gesetzt haben. Die ganze Strecke habe ich den Kopf aus dem Fenster gehalten.

Na ja, bald hat mich der Alltag wieder eingeholt. Es gab auch weiterhin viel zu tun. Vom ersten Gesellenlohn habe ich mir ein Fahrrad bei der Firma Krug gekauft. Ein schönes Rad mit gelben Felgen und roter Bereifung. Es hatte 128,- RM gekostet und wurde schon etwas in Raten abbezahlt.

Zum weiteren Berufsweg gehört auch die Episode mit den „Stoßgesellen" Horst Lux und Horst Behrens, von dehnen ich in einem speziellen Bericht erzählen möchte. G.M.

Praktikum in Bremervörde (Umschulung)

*Bei der Enduntersuchung zur Entlassung aus der Weserbergland -
Klinik in Rothenfelde wurde festgestellt, daß ich nur noch für
leichtere Arbeiten eingesetzt werden darf.*
*Konsequenz, eine Umschulung. Beim Arbeitsamt Uelzen wurde dann
ein Eignungstest durchgeführt. Der fiel recht gut aus, so daß ich eine
ziemlich gute Berufsauswahl hatte.*
*Zu dieser Zeit wurden speziell Büromechaniker gesucht. Hierfür
hatte ich allerdings nicht so eine große Lust verspürt und habe daher
der Landes - Versicherungsanstalt Hannover (LVA) vor geschlagen,
mich doch auf die Ofensetzer - Meisterschule in Stuttgart zu
schicken. Die LVA ging dankenswerter weise darauf ein und hat mich
zum Kursbeginn, am 8. 1. 1961, dort angemeldet.*
*Bis dahin war es ja nun schon noch ½ Jahr hin und ich wollte die
Zeit nicht ganz ungenutzt verstreichen lassen.*
*Durch Vermittlung des Vertreters, Herrn Lichte, von Firma Jensen
Hamburg, wurde mir zum Herbst 1960 eine Praktikanten - Stelle bei
der Ofenbau - und Fliesenleger Firma Karl Bronke in Bremervörde ,
im Büro , angeboten.*
*War dort dann 3 Monate und habe an diesen Ort gute Erinnerungen.
Denke da an gemütliche Gastwirtschaften wo, mindestens an einem
Tisch, immer Skat gespielt wurde. An rassige Hallenhandball - Spiele
in der damaligen Markthalle. Die Bremervörder spielten da schon in
der Oberliga und haben , unter anderem, gegen Bremen mit dem
allseits bekannten Nationalspieler Schwenker gespielt.*
*Es gab da auch noch eine Marine - Kadettenschule in Hafennähe,
und natürlich die „Stuhmer Heimatstube". Bremervörde war und ist
die Patenstadt zu meinem „Heimatkreis Stuhm" in der alten Heimat.
Mit Recht sehr stolz war Bremervörde und Umgebung auf Ihren
Bernd Klinger, der gerade die Goldmedallie im Kleinkaliber -
Schießen bei der Olympiade errungen hatte.*
*Auch eine starke Boxstaffel gab es hier . Erinnere mich besonders an
einen Bundeswehr - Unteroffizier aus Zeven der im Mittelgewicht
boxte und diese Gewichtsklasse beherrschte.*
*In der Firma Bronke habe ich bald Freundschaft mit dem
Jungmeister und Geschäftsführer Heinrich von der Ohe geschlossen.*

Ein sehr schöner und abwechslungsreicher Spaziergang führte mich oft an dem schönen kleinen Fluß „Oste" entlang. Die Heimspiele der Bezirksliga - Mannschaft im Fußball wurden natürlich auch besucht.

Zu Weihnachten 1960 habe ich dann in Bremervörde aufgehört. Es war eine schöne Zeit, die ich sinnvoll dort verbracht habe. Meister von der Ohe und seine Verlobte haben mich dann freundlicherweise mit „Sack und Pack" nach Hause gefahren. Dies war für mich natürlich sehr bequem, denn die Bahnverbindungen waren nicht so gut. Hier zu Hause in Medingen konnte ich mich dann in Ruhe auf die Meisterschule vorbereiten. An Bremervörde habe ich, schon durch die 2-jährig stattfindenden Heimattreffen unseres Kreises Stuhm, eine gute Erinnerung. Jedenfalls fuhr ich stets gerne die Strecke Rotenburg, Zeven, Bremervörde wenn ich meine Verwandtschaft in Freiburg n. E. und Oederquart besuchte. Abschließend möchte ich den Leitspruch von Bremervörde doch bestätigen und vielleicht etwas abmildern. Möchte sagen: „ ein schöner Ort auf Erden, das ist das Bremervörden". G. M.

Besondere Kunden in Bevensen und Lüchow.

Hier fällt mir auf Anhieb Dr Riggert Senior ein.
Herr Dr. Riggert war ein bekannter Tierarzt. Auch war Er
Ehrenhauptmann und erster Mann im Bevenser
Schützenverein. Bei uns Handwerkern war Herr Riggert
allerdings etwas gefürchtet. War er doch ein ziemlich penibler
Mann der nur beste Arbeit gelten ließ. So mußten zum Beispiel
in seiner neu gefliesten Küche alle Fliesen wieder entfernt
werden weil die Wasserhähne nicht in der Mitte der Fliesen
angeordnet waren.
Habe zu dieser Zeit bei Riggerts einen schönen hellen
Kachelkamin gesetzt. Schon beim anlegen kam der Dr. mit
einer langen Schnur an und hat darauf geachtet daß der Kamin
genau paralel zur Wand stand. Ich war also gewarnt. Habe
dann später einen kleine Trick angewandt und hatte, immer
wenn Er sich sehen ließ, die Wasserwaage in der Hand und
und so getan als ob ich nachmesse. Der Dr. ist darauf ein
bis`chen reingefallen denn ich hörte Ihn zum Maler sagen,
„ Der Pütger (Ofensetzer) ist aber sehr genau . Übrigens ist Er
jeden Morgen mit der Schnapsflasche aufgetaucht und hat uns
Handwerkern Einen eingeschenkt.
Hatte man erst einmal sein Vertrauen erworben, wurde man
speziel zu Arbeiten in seinem Haus angefordert.
Etwas ulkig sah es auch aus, wenn Er mit dem Oberteil eines
Hutes , also einer Kappe, auftauchte.
Dort bei Dr. Riggert habe ich auch meinen zukünftigen
Schwager Günther Röber kennengelernt der dort eine
komplette Apothekeneinrichtung aus bestem Eichenholz
gefertigt hat. Eine sehr schöne Arbeit. Günther arbeitet auch
Heute als Selbständiger noch für die Söhne von Dr. Riggert,
wobei der Eine an der See, ich meine hinter Hamburg, wohnt.
Bei einem anderen Tierarzt in Ebstorf haben wir seinerzeit
einen schönen großen Kachelherd gebaut. Dies bleibt mir
deshalb in Erinnerung, weil ich dort auch übernachtet habe und
auf dem Operationstisch für die Tiere geschlafen habe.
Ein sehr guter Kunde war auch die Familie Hoburg in
Sasendorf. Das war meine erste Arbeitsstelle bei Beginn der

Lehre. In Erinnerung bleibt mir das gute Essen dort.
Grundsätzlich gab es immer eine schöne Nachspeise. Na und
vor allen Dingen bleiben mir Hoburgs in guter Erinnerung weil
dort meine Frau in Stellung war. So hat Herr Hoburg es mit mir
wohl gut gemeint als Er mir, der ich dort in der Waschküche
Fliesen ausgebessert habe, meine Ida zu mir schickte.
Erfreut kam Sie herein und fragte was zu tun sei. Wußte
zunächst nicht was das sollte , habe dann aber doch gleich
kapiert daß mir Herr Hoburg ein Schäferstündchen gönnen
wollte. Wir haben da schnell etwas geknudelt.
Eine kleine Geschichte von Hof Hoburg möchte ich noch
berichten. Zum Schlachtefest kam dort immer Hausschlachter
Meier aus der Möllerstraße in Bevensen. Der hatte schon den
Schalk im Nacken. Schickte Er doch das zweite Hausmädchen
in die Küche um einen Essiglappen zu holen. Frau Hoburg, die
das schon kannte, gab ihn Ihr auch. Sie kam zurück und fragte
ganz treu „ Wozu soll denn der Lappen sein"? Darauf der
Hausschlachter „ Damit drückst Du der Sau die Augen zu,
damit sie nicht weint". Na ja, das kleine Mädel fühlte sich da
natürlich etwas veräppelt obwohl Sie ansonsten eine ziemlich
aufgeweckte Dirn war.
In diesem Zusammenhang fällt mir ein, daß Fleischbeschauer
Bartheidel Senior auch immer einen billigen Spruch drauf hatte.
Er sagte „ Heutzutage kann man nicht alles essen, natürlich nur
das was man hat". Folgende Geschichte hat Er auch oft
erzählt. Ihr wißt ja, daß die Pastoren sich überall
durchgegessen haben. In Niendorf auf einem Bauernhof hatte
Er sich wieder einmal vollgeschlagen. Als die Bäuerin Ihm zum
Schluß noch ein Käsebrot anbot griff Er zu und sagte „ ach ja,
Käse schließt den Magen". Die gute Frau hat sich das sofort
gemerkt und bot dem Pastor beim nächsten Besuch zuerst eine
Käseschnitte an. Der Pastor daraufhin „ Oh ja, Käse regt den
Appetit an". Die gute Frau dachte da bestimmt im Stillen „ So`n
Schiet „. Ja so kann man sich irren.
Für die Schwester von der Chefin Frau Müller , die in
Hamburg wohnte, mußte ich einmal einen halben Sack
Kartoffel hinbringen und bei dieser Gelegenheit gleich
einen transportablen Kachelofen aufbauen. Große

Schwierigkeiten gab es da bei der Heimfahrt. Bin späht
Abends mit dem Zug abgefahren. Die Züge gingen aber
nur bis Lüneburg. Was nun machen? Habe da in einem
Obdachlosenheim übernachten wollen. Dort war es aber
so ungemütlich daß ich schon Morgens um 4 Uhr
aufgebrochen bin um zu Fuß dis ca. 25 Km nach
Bevensen zu gehen. Es war recht kalt und die Straße
ziemlich vereist. Bin dann schon ziemlich weit gegangen
und wurde ab Jelmsdorf von einem Tomywagen bis
Bevensen mitgenommen. Die Engländer waren in der
Lohmann - Vila stationiert und kannten mich. Wäre ich
Ihnen doch schon eher begegnet denn von Jelmsdorf
waren es ja nur noch 5 Km. War also doch so ungefähr 20
Km gelaufen.
Nun möchte ich aus der Gesellenzeit in Lüchow berichten
wo ich ja überwiegend als Fliesenleger gearbeitet habe.
Dort gab es einen etwas verrückten Kunden. Es war ein
Blumenladen Besitzer für den wir seinen kompletten
Laden verfließt haben. Auch wurde von mir ein kleines
Fischbecken vor dem Schaufenster gebaut.
Nun aber zur Verfliesung des Ladens. Dort haben wir das
erste mal Glasfliesen in der Größe 20 x 30 cm verarbeitet.
Zuerst mußten alle Platten zur besseren Haftung auf der
Rückseite mit Teer bestrichen werden. Trotzdem wurde es
ein ziemlich schwieriges Arbeiten. Es war ein ziemlich
altes Haus mit Lehmwänden. Trotz Bespannung der
Wände mit Ziegeldraht Gewebe suppte der dünnere
Mörtel immer durch die Fugen nach außen auf die Fliesen
und trocknete da fest. Zum Schluß mußte die Fläche vor
dem verfugen gesäubert werden. Dies wollten unbedingt
zwei freundliche Blumengärtnerinnen übernehmen.
Meister Bock und ich gingen inzwischen um die Ecke zum
Mittagessen. Als wir zurück kamen ist es mir sofort
aufgefallen. Die Mädels hatten wohl den Mörtelschlamm
trocken ab gerieben . Jedenfalls war die komplette
Oberfläche voll zerkratzt. Das fiel besonders auf wenn die
Sonne rauf schien, was für ein Unglück! Als ich dem
Meister dies zeigte , habe ich Ihn das erste mal so richtig

fluchen hören. Wir haben da sehr eilig die Regale vorgestellt so daß von den Anderen es wohl keiner mit bekommen hat.

Ein etwas unerfreuliches Nachspiel hatte es dann wohl doch. Georg Bock und ich saßen nach Feierabend gemütlich in „Niemann`s Gaststätte bei einem Feierabendbier. Da kam dieser Blumenhändler, ein südländischer Typ betrunken rein getorkelt. Er hat Meister Bock angerempelt worauf dieser Ihn ermahnte sich doch vorzusehen. Daraufhin kam der noch einmal zurück und rempelte den Meister wieder an. Da passierte dann das wie man es in Western Filme sehen kann. Das war für Georg Bock, der sonst ein lustiger und friedlicher Mann war, dann doch zuviel. Er packte den guten Mann an die Brust, hob Ihn etwas an und verpaßte Ihm einen gewaltigen Kinnhacken so daß Er in hohem Bogen über die Theke flog. Erwähnen muß ich vielleicht nach das Meister Bock als junger Mann ein sehr guter Mittelgewichtsboxer war. Er hatte seinerzeit ein par mal die Bezirksmeisterschaft erreicht.

In der Gastwirtschaft von Wirt Niemann, einer typischen Männerkneipe , haben mein Kumpel Manfrred Kothe und ich bald etwas Lehrgeld im Skatspielen zahlen müssen. Eines Sonntags Nachmittag gesellte sich da ein alter Skathase zu uns und wir machten einige Spielchen. Wir merkten gar nicht daß der alte Skathase uns gewaltig reinlegte. Wie sich später herausstellte hat Er oft nicht richtig bedient und falsche Karten abgeworfen. Als es zum Schluß zum zahlen ging hatten sich bei uns die Minuspunkte gewaltig angehäuft und wir sollten zahlen. Da aber schaltete sich Gastwirt Niemann ein. Er hatte unser Spiel wohl die ganze Zeit beobachtet und die Spiele verfolgt. Er ging auf unseren dritten   Mann zu und sagte „ Nein, nein Freundchen so geht das bei uns nicht. Du hast die ganze Zeit falsch bedient. Die Zeche zahlst Du allein oder ich will Dich in der Wirtschaft nicht mehr sehen.

Wohl oder übel hat Er dann alles bezahlt, denn seine Stammkneipe wollte Er dann doch nicht verlieren. Uns Beiden war es eine Lehre in Zukunft etwas besser aufzupassen.
Nun wieder zurück nach Bevensen. Hatte bald soviel gelernt daß ich Selbständig gearbeitet habe.
Meinen ersten Kachelofen durfte ich zu meinem Geburtstag in Edendorf umsetzen. Das war der Anfang nach genau ½ Jahr Lehrzeit. Als Nächstes haben Meister Müller und ich bei der Verwandtschaft von Bauer Besenthal aus Heitbrak , in der Nähe von Soltau zwei Kachelöfen umgesetzt. Jeder hat einen Ofen gesetzt wobei der Meister den mit der weißen Schmelzglasur hatte was doch wesentlich schlimmer zu verarbeiten war.
Als wir nach Hause fuhren hatten wir das Pech daß der Zug nur bis Uelzen fuhr. Schon vor Uelzen als Er kurz hielt sind wir schnell ausgestiegen. Zu Fuß ging`s dann mitten in der Nacht nach Hause. Als Lehrling mußte ich natürlich den schweren Rucksack mit dem Handwerkzeug tragen. Als wir dann endlich mitten im Wald hinter Tätendorf eine Pause einlegten war ich recht froh. Haben uns an den mitgegebenen Broten des Kunden dann auch erst einmal gestärkt. Sehr früh waren wir dann zu Hause und haben uns zunächst einmal ausgeschlafen.
Dies waren noch einige Geschichten von Kunden aus der Lehrlings- und Gesellenzeit aus Bevensen und Lüchow.

Die Zeit in Kuchen / Anfang Lehmke (Baden-Bad - Bad Aibling).

Dort in Kuchen hatten wir eine schöne kleine Wohnung im zweiten Stock eines ziemlich großen Neubaus. Bequem für meine Frau war , daß im Erdgeschoß der Lebensmittelladen des Hausbesitzers Schur eingerichtet war.
Über uns im Obergeschoß wohnte das Ehepaar Schweizer mit dem wir uns bald etwas angefreundet haben. Solange wir noch keinen Fernseher hatten, haben uns die Schweizers zu interessanten Sendungen eingeladen. Im Geschoß unter uns wohnte die Familie Kretzler mit deren beiden Töchtern unsere Kinder gut gespielt haben.
Bei den Nachbarn der Kretzlers gab es ein kleines Unglück, was auch schlimmer hätte ausgehen können. Dort ist die Frau der Wohnung kurz zu Besuch bei Ihrem Vater gewesen. Es war zur Adventszeit und Sie hatte die Lichter am Kranz brennen gelassen. Mit einem mal drang Rauch unter der Wohnungstür nach außen zum Flur. Meine Frau, die dies zuerst bemerkt hatte schlug sofort Alarm. Das Feuer konnte mit vereinten Kräften gelöscht werden. In der Eßecke wo der Adventskranz auf einem Plastiktisch gestanden hatte waren Tisch und drei Stühle nicht mehr zu retten. Zum Glück wurde der Brand frühzeitig entdeckt und konnte schnell bekämpft werden. Uns hat diese Sache, und besonders meine Frau, gewaltig erschreckt. Weitere Aufregungen gab es aber zum Glück vorerst nicht.
Im Geschäft kam ich gut voran und hatte mich in meine Aufgabe, „Colemann - Blend - Air „ Luftheizungsanlagen zu planen schnell eingearbeitet. Im Zusammenhang mit dieser Planungstätigkeit kam ich auch bis nach Östereich in den Ort Nesselwängle . Von Chefin und Chef Laich wurde ich mit genommen. Es sollte da bei einem Kunden die Wohnung zum Bau einer Luftheizungsanlage ausgemessen werden.
Herr Laich hatte in Nesselwängle ein Ferienhaus gepachtet so daß für Unterkunft gesorgt war. Nach der Arbeit haben wir dann in der Gastwirtschaft „Adlerhorst" etwas gefeiert. Ein junger Östereicher hatte sich mit seiner Zieharmonika eingefunden. Er hat wunderbare Lieder gespielt die über das ganze Tal klangen.
Zu später Stunde mußten die Chefin und ich den Chef, der wohl etwas zu viel getrunken hatte, nach Hause ins Ferienhaus führen.
Dort angekommen hat Er, mitten in der Nacht, noch den dortigen Bürgermeister angerufen und Ihn zu sich gebeten der auch sofort kam. Wie sich da dann herausstellte hatten sich zwei Seelenverwandte gefunden . Beide haben von der Nazizeit geschwärmt und alte „Kampflieder" gesungen. Ich habe mir das nicht antun wollen und bin schlafen gegangen. Früh am nächsten Morgen wurden wir von auf der Alm weidenden Kühen geweckt, die alle eine Glocke um den Hals gebunden hatten. Es war irgendwie ein sehr beruhigendes Geläute.

Zur Arbeitsabnahme bin ich später auch mit Altgesellen Herrn Tietz dort hingefahren. Der Zusammenhalt unter uns Kollegen in der Firma war recht gut. Der Chef aber mußte immer den Boß herauskehren und war nur ganz gut zu ertragen, wenn Er einen „ in den Hacken" hatte.

Mit mir im technischen Büro arbeiteten da noch Oberingenieur Beck, Ingenieur Werland und als Sachbearbeiter für den Kachel - Ofenbau Ofensetzer - Meister Kurt Fleischmann. Der hatte mit mir die Meisterschule in Stuttgart besucht und ist mir in diese Stellung bei der Firma Laich nachgefolgt. Dies nur nebenbei. Die Firma nannte sich „ Laika - Heizungen" in Anlehnung an die Hündin Laika die in Rußland in den Weltall geschossen wurde. Finde da hatte der Laich eine ganz gute Idee.

Kurt hat dann nach ca. 2 Jahren bei Laich gekündigt und sich selbständig gemacht. Ab da wurde mir dann die Kachelabteilung unterstellt und für Sparte „Colemann - Blend - Air - System der Techniker Herr Denk eingestellt. Habe Ihn dafür etwas einarbeiten müssen denn es war schon ein ziemlich neues Gebiet.

In der Firma Laich hatten wir für ganz Würthenberg drei Vertreter eingestellt. Auch diese habe ich nacheinander ca. 14 Tage fachlich betreut, denn Sie mußten ja in etwa erklären können was Sie der Kundschaft verkaufen wollen. Es waren freie Vertreter die minimal am Umsatz beteiligt wurden.

So verging die Zeit. Tochter Heidi wurde am 23. 2. 1963 geboren, ein hübsches kleines Mädel.

Meine Krankheit wurde auch nicht besser so daß mir eine Kur in Baden - Baden verschrieben wurde. Das paßte Boß Laich natürlich nicht so gut aber Er schluckte es dann doch.

Die Behandlung dort tat sehr gut, besonders die Wechselduschen. Mit meinem dortigen Stubengenossen haben wir an Wochenenden auch sehr schöne Ausflüge in die nähere Umgebung unternehmen können. Uns stand sein Ford M 17 zur Verfügung die seinerzeit berühmte „ Wanne". So haben wir die Gegend dort etwas kennen gelernt.

Im dortigen Spielkasino waren wir natürlich nicht, denn dazu reichte unser Geldbeutel nicht. Erinnere auch an Modeschauen, wo dann nette Damen in den Schaufenstern hin und her flankiert sind.

Gesundheitlich gestärkt ging es dann bei der Firma weiter.

Mit nun drei Kindern wurde die sonst ganz nette Wohnung in der Richard Wagner Straße doch etwas zu klein.

Ganz in der Nähe baute Herrn Weigelt ein schönes Zwei - Familienhaus. Als ich bei Ihm wegen einer Wohnung nachfragte hatten wir Glück und bekamen eine Zusage.

Es dauerte allerdings noch einige Zeit . Inzwischen hatte meine liebe Frau in der alten Wohnung auch etwas Pech. Es gab in der kleinen Küche eine kleine Überschwemmung.

Ein Papier hatte sich von einer Flasche gelöst und den Ausguß zu gedeckt. Es gab eine kleine Überschwemmung und das Wasser drang durch die Decke und die darunter liegende Wohnung. Wir hatten gar nicht daran gedacht daß das passieren könnte und waren sehr erstaunt als die Mieter unter uns aufgeregt nach oben kam und uns von der Bescherung erzählte. Die Kosten für die Streichung der unteren Decke mußten wir dann natürlich übernehmen.

Den Umzug in die neue Wohnung in die Neckarstraße mußte meine Frau, wie seinerzeit schon den von Medingen, Niedersachsen nach Kuchen ganz alleine ausführen. War in dieser Zeit wieder zur Kur in Bad Aibling einer speziellen Kuranstalt für Bechterevkranke.

Die Wohnung konnte dann erst nach der Kur begutachten. Es war eine sehr schöne geräumige Wohnung. Wir haben dort das ganze Erdgeschoß bewohnt.

Hatte früher aber auch dafür gesorgt daß je eine schöne Kachelofen Ventilator Heizungsanlage für jedes Geschoß günstig eingebaut wurde. Dafür haben wir dann etwas preisgünstiger gewohnt. Bevor ich zur Kur kam, wurden von mir die ganzen Kellerräume gekalkt. Dort konnten wir auch das viele gehakte Holz verwerten, das Mutti schon von Medingen mitgebracht hatte. Ein Waschkessel wurde da noch mit Holz befeuert.

Mit der Familie Weigelt war es ein gutes ruhiges zusammenwohnen.

Es gab da auch Opa Goll, Weigelts Schwiegervater, der gerne Spaß mit unseren Kindern machte. Unserm Harald gab Er einmal Knoblauch zu essen, den Er in der Garage zum trocknen aufgehängt hatte. Was hat der Junge danach aber gespuckt und der Opa Goll hat sich köstlich amüsiert.

In diese Zeit fiel dann auch die Einschulung von Harald und Helga.

Heidi hatte eines Tages Pech als ein Kaninchen von Opa Goll Ihr in den Finger biß. Es war eine ziemlich tiefe Wunde die auch gewaltig geblutet hatte. Ich glaube daß dies der Grund ist daß unser Mädel ab da ziemlich Angst vor Tieren hat. Vor allen Dingen mit größeren Tieren, wie Hunde, kann Sie sich gar nicht anfreunden.

Heidi hat es aber auch fertig gebracht Mutter im Nachthemd im Flur stehen zu lassen. Sie war da in etwa zwei Jahre alt. Heidi hatte da gar keine Schuld, denn Mutti war kurz auf den Flur gegangen als die Wohnungstür hinter Ihr zu fiel. Der Schlüssel stach leider von innen. Heidi hat zwar fleißig versucht ihn um zu drehen um die Tür zu öffnen , konnte es aber doch nicht fertig bringen, Wie Tür damals zum Schluß aufgemacht wurde weiß ich Heute ehrlich gesagt gar nicht mehr.

Nun möchte ich wieder von der Firma, meiner Arbeitsstelle berichten.
Dort gab es doch einige Veränderungen.

Nach Kollege Fleischmann hat auch Ingenieur Werland gekündigt und sich in Glashütten bei Frankfurt / Main selbständig gemacht.
Hat dort ein eigenes Planungsbüro für Warmluft - Heizungen betrieben.

Herr Werland hatte bei der Firma Laich wohl mehr Lohn gefordert der Ihm aber wohl nicht gewährt wurde.

Ich hielt die Zeit für gekommen , besonders für die anfallend Mehrarbeit, nun auch mehr Lohn zu fordern. Bekam damals 850,. DM Monatsgehalt was für jetzt größere Familie einfach zu wenig war.

Als Boss Laich da auch nicht einwilligen wollte, habe ich mich sicherheitshalber um eine neue Stellung bemüht. Es dauerte gar nicht lange und ich bekam von der Firma Kienzle in Darmstadt eine Zusage. Sollte dort als Meister die Planungsabteilung für die dortige Kachelofen - Abteilung übernehmen. Als Lohn wurden mir nach einer Probezeit 1.100,- DM geboten.

Habe umgehend bei Laich gekündigt. Jetzt wollte auch Er mir meinen Lohn auf 1.000,- DM erhöhen. Nun war es aber zu späht und so nützten auch weitere angebotene Vergünstigungen nichts.

Bald überschlugen sich aber die Ereignisse.

Als ich in etwa zwei Monate bei Kienzle gearbeitet hatte, ist dort auf einmal mein ehemaliger Kollege von Firma Laich, Ingenieur Werland aufgetaucht. Er hatte erst jetzt erfahren, daß ich nicht mehr bei Firma Laich bin. Er war ganz scharf darauf, mich für seine Firma abzuwerben. Hat gleich zu Beginn 1.300,. DM geboten und wollte schnellstens für eine Wohnung für uns sorgen. Nach kurzer Überlegung habe ich Ihm zu gesagt, denn in der doch ziemlich großen Firma Kienzle lief auch nicht alles so friedlich ab. Mit dem alteingesessenen älteren Meister, der zuständig für die Arbeitseinteilung war gab es keine so tolle Zusammenarbeit. Merkte bald, daß da versucht wurde mir Steine in den Weg zu legen und sogar beim Boß Kienzle an zu schwärzen.

Es kam mir also Herr Werland ganz passend.

Schade tat es mir nur um die schöne Stadt Darmstadt. Im Zentrum gab es da eine sehr schöne Prachtstraße. Besonders erinnere ich da an eine sehr schöne farbige russische Kirche mir Zwiebelturm. Na ja was soll`s.

Für die erste Zeit, bis zur Besorgung einer Wohnung, habe ich bei Werland`s ein schönes kleines Zimmer bekommen. Hatte also Familienanschluß mit Beköstigung. Es ließ sich alles also recht gut an. Wir unternahmen zusammen Ausflüge , zum Beispiel in den „Opel - Zoo". Auch eine sehr große Kaufhalle in der Nähe von Frankfurt haben wir besucht.

Planungsarbeiten gab es reichlich. Es waren zumeist größere Industrieanlagen für die wir Angebote gemacht haben. So wurde zum Beispiel für eine große Firma eine Trocknungsanlage für Gipsplatten geplant wofür dann eine Heizungsfirma aus Frankfurt den Auftrag bekam. Dies Heizungsfirma hat meistens die Aufträge erhalten und hat da wohl auch Herrn Werland daran finanziell beteiligt. Wie sollte sonst auch seine Firma bestehen können? Auch eine sehr große Heizungs- und Lüftungsanlage für die Opel - Werke Köln wurde von mir geplant.

*Also Arbeit über Arbeit. Leider mußte ich bald feststellen, daß es Herrn
Werland doch sehr schwer fiel meinen Lohn zu zahlen.*
*Hatte dann aber auch wieder sehr viel Pech. Bin auf einem kleinen
Läufer, der im Flur vor meinem Zimmer lag, ausgerutscht und bekam
gewaltige Schmerzen An Arbeit war vorerst nicht zu denken.*
*Konnte da auch eine große Planung für eine Lackierfirma in Berlin nicht
zu Ende führen und bin nach Hause gefahren.*
*Mein Arzt in Kuchen, der gute Dr. Treft`s hat mich sofort krank
geschrieben und ich blieb natürlich vorerst zu Hause.*
*Ganz überraschend erhielt ich da bald einen Brief von Werland mit der
Ankündigung, daß Er nicht länger auf meine Mitarbeit verzichten kann
und sich nach einer Woche, wenn ich nicht antreten kann, um einen
anderen Techniker bemühen müsse.*
Nun hatte ich allmählich die Schnauze voll,wie man so sagt .
Da reifte in mir die Idee mich doch auch selbständig zu machen.
*Das Planungsbüro sollte dann aber in meiner alten Heimat im Kreis
Uelzen in der Lüneburger Heide sein.*
*Da ich mit Herrn Schroeder von Firma „Rheimotherm" ,einem Fabrikant
von Luftheizautomaten, auf der Frankfurter Messe Kontakt aufgenommen
hatte und eigentlich mit Ihm und der Firma Kienzle zusammen arbeiten
wollte, bot sich hier eine Kontaktaufnahme in eigener Sache an.*
*Herr Schroeder zeigte großes Interesse und wir verabredeten uns im
Bahnhofsrestorant in Mainz. Es gab schnell eine Einigung.*
*Ich sollte im Kreis Uelzen für Firma „Rheimotherm" ein Planungsbüro für
Norddeutschland eröffnen.*
*Herr Schroeder wollte die Umzugskosten übernehmen und mir ein
Darlehn von 12.000,- DM einräumen. - Erwähnen möchte ich bei dieser
Gelegenheit noch, daß Herr Schroeder mir in den 70-ziger Jahren zum
Hauskauf hier in Rosche, noch einmal ein Darlehn von 30.000,- DM
eingeräumt. Das zeugt doch von sehr großen Vertrauen. Bin sowieso
Herrn Schroeder besonders dankbar für seine große Unterstützung.*
Sicher war Er ja dann wohl auch mit mir zufrieden?-
Nun weiter in der Erzählung.
*Wieder zu Hause mußte ich mich schnellstens um eine Wohnung mit
Büro im Kreis Uelzen kümmern.*
*Zu erwähnen wäre da noch, daß ich begonnen hatte einen Führerschein
zu machen. Bin jetzt aber erst sofort zu meinen Schwiegereltern nach
Edendorf gefahren. Hatte ja schon vorher bei einigen Firmen aus
Bevensen, die ich von meiner früheren Tätigkeit hier im Kreis Uelzen her
kannte, vorgefühlt. Es sah zunächst nicht so gut aus. Hatte dann aber
dann doch noch Glück und , als sich alles zu zerschlagen schien , wurde
in der Zeitung eine passende Wohnung in Lehmke angeboten.*
Zunächst wollte Frau Meykus, die Hausbesitzerin , nicht so recht ran.
Wir waren inzwischen ja eine recht große Familie mit vier Kindern.

Am 1. 6. 1965 wurde nämlich unser Holger geboren. Diese vier Kinder
schienen Ihr zu viel. Zum Glück kannte ich aber Ihren Sohn Gert von
meiner Gesellenzeit in Bevensen her. Er war Geselle bei Schmied
Lohmann und wir konnten uns schon damals ganz gut leiden.
Der Durchbruch wurde auch durch das gute Zureden meines Schwagers
Günther Röber , der als Niedersachse mit Ihr „ platt geschnackt „ hat
bewirkt. Günther hat mich übrigens die ganze Zeit über durch die Gegend
zu den einzelnen Stelle mit seinem VW kutschiert.
Zu Frau Meykus die ja wegen der vielen Kinder zunächst Bedenken hatte,
habe ich dann gesagt, daß es immer auf die Erziehung der Kinder
ankäme.
Als wir dann nach fünf Jahren in unser Haus nach Rosche zogen, hat
Frau Meykus mir extra bestätigt, daß Ihr unsere Kinder wenig Ärger
bereitet haben. Leider ist Frau Meykus nach einer Hüftoperation später
verstorben. Sie war eine sehr tüchtige und rosollute Frau.
Wieder in Kuchen wurde schnell zusammen gepackt. Oma Au, meine
liebe Schwiegermutter hat , wie so oft, dabei tüchtig geholfen.
Sie wurde auch Taufpatin für Holger, den wir noch in Kuchen taufen
ließen. Ich selbst habe noch schnell die theoretische Prüfung für den
Führerschein abgelegt. Die praktische war leider erst nach unserem
Umzug. Sollte sie ursprünglich in Uelzen bei einer dortigem Fahrschule
machen. Da man mir dort aber noch drei Fahrstunden aufbrummen wollte,
habe ich wieder Kontakt nach Kuchen aufgenommen und habe auch hier
die praktische Prüfung dort abgelegt und recht gut bestanden.
Diese Gelegenheit habe ich gleich mit einem Besuch bei der Firma
Rheimotherm“ in Schweich an der Mosel genutzt und mir das Werk
einmal angesehen. Das war sehr interessant und Herr Schroeder hat sich
sehr um mich bemüht.
War dort auch sehr schön in einer Gaststätte mit Blick auf die Mosel
untergebracht.
Inzwischen hatte mir auch Herr Schroeder sechs Geräte in Provision nach
Lehmke geliefert. Habe sie in einer zweiten Garage, die mir Frau Meykus
zusätzlich zur Verfügung gestellt hatte, untergebracht.
Als ich dann nach zwei Tagen mit frischem Führerschein wieder zu Hause
war, wurde zu allererst ein Gebrauchtwagen gekauft. Es wurde ein Ford
M 17, die berühmte „Wanne“. Beim Kauf waren 45.000 Km auf dem
Tacho. Als ich ihn später gegen einen neueren Wagen eingewechselt
habe war der Kilometerstand 173.000 . Es war ein Kombiwagen wo die
Luftheizautomaten gerade so hinein paßten.
Dieser Ford hatte also gute Dienste geleistet.
Die Arbeit im Planungsbüro lief langsam an. Einen doch recht lustigen
und für mich lehrreichen Vorfall möchte ich doch zwischendurch einmal
erwähnen. - Als ich mich bei meinem Freund aus der Lehrzeit Erwin
Hübner aus Lüder am Telefon mit „ Müller , Rosche, Rheimotherm

Planungsbüro Norddeutschland" meldete, hörte ich Ihn am anderen Ende sagen „ Na nuh fängt der Müller an zu spinnen!" Na Erwin hatte schon recht das klang doch etwas überkandidelt. Das „ Planungsbüro Norddeutschland " habe ich in Zukunft weg gelassen , obwohl ich schon ein sehr großes Gebiet zu versorgen hatte. Habe zunächst die Innungskollegen im Umkreis von ca. 15o Km angefahren und beraten. Hatte die ganzen Besuche fein säuberlich aufgeschrieben mit Bemerkungen und Einschätzungen. Es war schon traurig, wie ich da mich meistens verschätzt habe. Bin die ganze Angelegenheit wohl doch etwas zu optimistisch angegangen. Habe mich da manchmal doch sehr geirrt. Manche Bemerkungen wie „ Kunde könnte interessant sein" konnte ich bald vergessen.
Habe für die Herrn Kollegen im ganzen nur vier Anlagen verkauft. Meistens wollten die Herrn Ofensetzer sogar, daß ich Ihre Anlagen dann auch noch aufbauen sollte. Das habe ich dann auch so für mich alleine in Angriff genommen. Habe ab da an Kunden direkt angeboten und dann auch aufgebaut. Oft haben die Kunden dann selbst geholfen, was manchmal auch notwendig wurde, denn ich hatte ja keine festen Angestellten. Die meisten Ofensetzer waren auch ziemlich unsicher und trauten sich zum Teil auch nicht an den Bau von Luftheizungen heran. Na mir sollte das im Endeffekt recht sein. Bekam so nach und nach gute Aufträge und hatte sehr gut zu tun.
Habe dann auch mit der Landwirtschaftskammer in Hannover Kontakt aufgenommen um Stallheizungs- und Lüftumgsanlagen zu bauen. Unterstützt und empfohlen wurde ich da von einem Sachbearbeiter Ingenieur Schmidt. Habe dann im Laufe der Zeit sehr schöne Anlagen angeboten und gebaut. Herrn Schmidt kam es darauf an ausführliche und fachlich gute Angebote zu erhalten. Nur so bekamen die Bauern dann auch Gelder vom „Grünen Plan". Habe sogar für das „Max - Plank- Institut" am Rübenberge ein ausführliches Angebot für eine spezielle Luftheizungs und Lüftungsanlage , mit Luftbefeuchtung für einen Versuchs - Sauenstall gefertigt das von der Landwirtschaftskammer angefordert wurde.
Habe also große Stallheizungsanlagen gebaut die auch gut funktioniert haben. Eine Musteranlage wurde zum Beispiel bei Landwirt Nolte in Schaumburg - Ostendorf gebaut. Da dies ein moderner neuer Stall war, gab es nach Fertigstellung eine Besichtigung für Landwirte aus Niedersachsen. Das war natürlich auch eine gute Reklame für mich . Im gleichen Ort hat danach auch Landwirt Noltemeyer eine Stallheizungs - und Lüftungsanlage von mir bekommen.
Bei Herrn Nolte habe ich danach auch eine Wohnungsheizung eingebaut. Die Stallheizung bei Nolte wurde übrigens auch gleichzeitig zur Trocknung des Getreides im Getreidespeicher benutzt. Das lies sich gut

kombinieren da die Getreidetrocknung ja nur im Sommer notwendig
wurde. Zu dieser Zeit brauchte ja im Stall nicht geheizt werden.
Eine Luftheizung bekam dann auch der Ersteller des Getreidespeichers.
Hier braucht ich nur planen und das Material liefern. Eingebaut hat Er
seine Heizung selber da Er ja ein geschickter Handwerker war.
Zu guter letzt hat dann auch noch der Getränkelieferant Daniel aus
Bückeburg eine große Anlage in Auftrag gegeben. Mit dem Gerät in einer
Leistung von 70.000 kcal/h Leistung wird seine Wohnung und die
Getränkehalle mit Büroräumen beheizt , ein ziemlich kompliziertes
System.
Viel geholfen hat mir bei vielen Arbeiten auch mein Schwager Erwin
Bratz. So zum Beispiel bei dem Anbau einer auch größeren Anlage im
Inspektorenhaus im Rittergut Oberg. Der Auftrag kam auch wieder auf
Empfehlung der Landwirtschaftskammer Hannover. Das Problem in
diesem Haus war, daß es sehr feucht war. Da war dann meine
Heizungsart genau das Richtige.
Auch hier in Uelzen war Erwin beim Einbau einer Trocknungsanlage für
Lebkuchen dabei.
Habe also schon weite Bereiche mit Anlagen beliefert. Eine der am
weitesten entfernte Arbeitsstelle war der Nato - Mariene - Flugplatz in
Nordholz. Dort wurde , wieder von der Landwirtschaftskammer, der
Auftrag zum Einbau einer kleineren Luftheizung erteilt. Auch hier hat
Schwager Erwin die ganze Zeit geholfen. Beim Einbau einer Heizung in
Bad Öhnhausen beim Neffen von Max Schmeling waren Schwager Emil
und Sohn Hartmut dabei. So waren wir gewissermaßen schon ein
Familienbetrieb mit oft gegenseitiger Hilfe. Auch in meinem erlernten
Beruf als Ofensetzer gab es so nach und nach wieder viel zu tun. Das hat
wieder viel Spaß gebracht und sollte in Zukunft dann auch das
Hauptarbeitsgebiet werden.

- Die letzten zwei Jahre in Lehmke -

Die Jahre in Lehmke waren schon eine gute Aufbauzeit. Als dann noch
der Kachelofen - und Kaminbau hinzu kam ging es ordentlich voran.
Wie mußten natürlich schon an die Zukunft denken, wenn die fünf Jahre
Mietzeit zu Ende gingen. Das Ziel war, etwas Eigenes zu erwerben und so
wurde dann schon nach passenden Objekten Ausschau gehalten.
Aber vorerst hatten wir in Lehmke gute Arbeiten zu verrichten.
Ein schönes großes Projekt war die Trocknungsanlage bei der Bäckerei
„ Bäcker - Becker „ in Uelzen im Neuen Felde .
Zunächst habe ich für die große Halle einen Luftheizautomaten geliefert ,
der auch zusätzlich über ein Kanalsystem die Büroräume beheizt und im
Sommer auch belüftet hat.
Herr Becker Junior kam dann auf die Idee die Lebkuchen in den vier
Backstraßen mit Warmluft zu trocknen. Zur Zeit wurde dies mit
Elektrostäben getan und war sehr kostspielig. Oft wurden auch die
Lebkuchen von zu großer Hitze verbrannt. Gefordert wurde eine mittlere
Lufttemperatur von 40 Grad in diesen Trocknungsstraßen bei einer
Luftgeschwindigkeit von höchsten 2 m pro Sekunde.
Von mir wurde dafür ein Gerät geplant mit einer Heizleistung von 45.000
Kcal/h bei einer größeren Luftleistung als normal.
Die Firma „Rheimotherm" hat dieses Gerät mit den gewünschten
Leistungen gebaut und geliefert. Ein passendes Rohrsystem wurde bei
der Firma „Westaflex" bestellt.
Bei der Montage haben dann wieder einmal mein Schwager Erwin Braatz
und unser Sohn Harald geholfen. Die Montage mußte an einen Samstag
und Sonntag stattfinden. Das haben wir dann auch geschafft und die
Anlage noch am Sonntag späht Abends angefahren. Sie funktionierte
ganz prima. Habe sie später dann auch meinen Innungs - Kollegen
vorgeführt die schon etwas beeindruckt waren.
Während der Montage durften wir so viel Lebkuchen wie wir wollten.
Kann erinnern daß Schwager Erwin und Sohn Harald davon ordentlich
Gebrauch gemacht haben.
Herr Becker Junior war jedenfalls mit der Anlage sehr zufrieden und hat
später sogar eine weitere Backstraße an das System angeschlossen .
Das wir in dieser Zeit auch einige Stallheiz - und Lüftungsanlagen in ganz
Niedersachsen gebaut haben hatte ich ja schon an anderer Stelle
beschrieben.
Schöne Kachelöfen und Kamine wurden auch gebaut. So zum Beispiel
bei dem Lehrer Herrn Boese in Hösseringen. Zu einem sehr schönen
großen heidegrünen Kachelofen erhielt Er auch einen Kamin für sein
schönes neues Niedersachsenhaus. Später auch in seinem zweiten Haus
erhielt Er auch einen großen Kamin.

Einen großen Auftrag gab es auch bei Herrn Apotheker Fachmann in Bienenbüttel. In seinem großen Niedersachsenhaus in Hohenbostel wurde zunächst eine große Luftheizanlage eingebaut. An Stelle eines fertigen Automaten wurde das Heizgerät von mir auf gemauert. Bestückt wurde die Anlage mit einem Großen „ Igeleinsatz" für Koksbefeurung . Für die spezielle Luftleistung sorgte ein Ventilator mit Keilriemenantrieb . Zusätzlich erhielt Familie Fachmann auch einen schönen Kachelofen und einen großen gemauerten Küchenherd. Im kleinen Nebenhaus habe ich dann auch einen prima Backofen und eine Saunaheizung gebaut. Von dem Saunaofen führte auch ein Rohr nach oben zum kleinen Getreidespeicher. Damit konnte dann auch bei Bedarf warme Luft zur Getreidetrocknung hoch geführt werden.
Vom ersten Brot, das im Backofen gebacken wurde erhielt ich dann eine Schnitte mit Ziegenbutter und Ziegenkäse.
Zu dieser Zeit war auch Besuch aus Südafrika bei Fachmanns. Es war eine Farmersfrau. Als Sie den Backofen sah fragte Sie, ob ich so einen Backofen auch in Südafrika bauen würde. Ich war sehr erstaunt uns sagte, na ja, es müßten dann doch so drei Backöfen sein damit es sich lohnt dort rüber zu fahren. Sie möchte doch einmal bei Ihren Nachbarn vor fühlen. Das wollte Sie dann auch tun, sagte aber dann auch noch daß ich dies schon ernst nehmen sollte. Vielleicht hatte ich mich da doch etwas zweifelnd geäußert? - Habe aber auch später nichts mehr davon gehört.
Eine kleine Geschichte von der Baustelle Fachmann möchte ich doch noch erzählen.
Als ich eines Tages da so saß und Mittagsruhe hielt merkte ich daß die beiden Jungen von Herrn Fachmann so ganz ruhig bei den neuen Fenstern zu Gange waren. Als dann die beiden Tischler auftauchten hörte ich Sie laut schimpfen „ Ihr Burschen , wart Ihr schon wieder am Fensterkitt bei?" Tatsächlich war zu sehen daß die Burschen Fensterkitt rausgepult und gegessen hatten.
Na ja, Herr Fachmann hat die Beiden wohl etwas kurz gehalten. So`n richtiges kräftiges Essen war dort wohl nicht üblich. Mich hat Er auch einmal gerügt, als ich seinem mageren großen Hund eine Schnitte Brot von mir abgegeben habe. Das arme Tier hatte mich doch sehr angebettelt.
Als ich gerade beim Bau des großen Küchenherdes war , erschien da der Besuch von Herrn Fachmann , ein Dr. Fickenscher. Er schaute mir längere interessiert zu und sagte dann „ ich sehe schon, Sie haben viel Ahnung, könnten Sie nicht auch bei mir im Weser - Bergland einen Kachelofen umbauen?" Habe zugesagt und später die Arbeit ausgeführt.
Das Haus von Dr. Fickenscher war von Ihm und seinen Söhnen selbst gebaut. Es war ein sehr schönes weiß gekalktes Niedersachsenhaus mit Reetdach. Kann auch erinnern, daß die Raumdecken sehr niedrig waren.

In seinem Kachelofen hatte der Dr. ganz raffiniert einen ganz normalen Warmwasser Heizkörper eingebaut. Die Rippen dieses Heizkörpers waren schnell zu gerußt so daß der Kachelofen ewig qualmte. Frau Dr. Fickenscher erzählte mir, daß Sie den Kachelofen immer schon zwei Stunden vor Praxisbeginn anheizen mußte und dann die Fenster aufreißen daß der Qualm herausziehen konnte.
Habe dann beim Umbau den Heizkörper natürlich entfernt und nur einen Sturzzug eingebaut. Sogar der Rauchabzug lag unterirdisch und hatte etwa eine Länge von drei Meter bis zum Schornstein.
Der Kachelofen funktionierte nach dem Umbau bestens und die Räucherei hatte ein Ende.
Erwähnen möchte ich noch, daß es auch bei Fickenschers nur überwiegend Rohkost gab. Die Pellkartoffeln wurden mit Pelle gegessen. Fleisch war kaum auf dem Teller. Als ich nach dem Wochenende wieder dort hin kam , habe ich mir im Ort beim dortigen Schlachter erst einmal ein Paar Würstchen gegönnt. Aber, o Wunder, auch bei Fickenschers gab es ab da für mich auch Fleisch auf den Teller. Die gute Frau sagte „ Na Herr Müller, das ist Ihnen doch wohl recht so? Habe schon gemerkt, daß unser Essen Ihnen nicht so zusagt."
Ansonsten wurde ich da aber gut versorgt. Bekam Abends ins Bett immer zwei warme Ziegelsteine gelegt und zwei Schafwolldecken zum zudecken. Frau Dr. Fickenscher wollte mein „Morbus - Bechterev „ auskurieren, so sagte Sie`s jedenfalls. Natürlich hatten Sie auch eine Sauna. Die war ganz raffiniert an die Seitenwand der Garage angebaut und nur im liegen zu benutzen.
Die Toilette war ganz offen im Stall neben Schafen und Hühnern. Es gab natürlich keine Spülung. Neben dem „Thron" stand ein Eimer mit schwarzer Erde und einer Schaufel. Ein Jeder mußte sein „Teil" damit abdecken.
Im großen und Ganzen lebten die Fickenschers glücklich und zufrieden ungefähr wie im Mittelalter. Ich könnte da auch Gefallen dran finden.

Eine für meine Familie sehr aufregende Geschichte möchte ich hier noch schnell einflechten. Wir waren an einem Sonntag zu den Schwiegereltern nach Edendorf gefahren. Wir Männer haben Skat gespielt. Die Frauen waren im naheliegenden Wald zum Blaubeer suchen. Etwas späht Abends ging es dann nach Hause. Zwischen Stöcken und Rätzlingen blieb unsere „Ford - Wanne" dann plötzlich stehen. Wir hatten zwar versucht Ihn an zuschieben, aber es wollte nicht klappen. Es kammen ja einige Autos vorbei aber es dauerte lange bis einer anhielt und helfen wollte. Es war ein Maurer aus Rätzlingen der kurz nach Hause wollte und versprach wieder zu kommen um uns zu helfen. Er hat Wort gehalten und war bald wieder da. Nun passierte aber folgendes. Meine Frau bekamm auf einem mal einen gewaltigen Krampf. Was war zu tun? Meine Frau

mußte sofort ins Krankenhaus. Unsere beiden Größeren blieben gezwungenermaßen allein und unserem Wagen. Die beiden Kleineren nahmen wir mit ins Krankenhaus. Dort wurde meine Frau sofort untersucht und mußte da bleiben. Gewundert hatte sich der Arzt über die blauen Hände meiner Frau, die Sie ja vom Blaubeer pflücken hatte. Der Dr. war erleichtert als Er das erfuhr denn Er konnte sich kein Bild über diese Blaufärbung machen.
Der freundliche Maurer hat uns mit unserem Auto dann noch nach Lehmke abgeschleppt. Habe Ihm später zu einem Obelus dann noch ein kleines Geschenk nach Hause gebracht.

Da ich mich zu damaliger Zeit schon um was Eigenes kümmerte und Herr Fachmann das mit bekam , bot Er mir an sein kleines Häus`chen gegenüber der Bienenbütler Apotheke zu pachten und später einmal zu kaufen. War da gar nicht abgeneigt, denn Bienenbüttel ist ein schöner großer Ort mit gutem Umfeld.
Hatte dann aber in Sachen Hauskauf Glück. War wieder einmal mit mein4em Auto in Rosche zur Reperatur. Auch dort wußte man daß ich an einem Haus interessiert bin. Meister Mohwinkel sagte da auf einmal zu mir „ Gehen Sie doch einmal kurz in den Ort, etwa 100 Meter von hier steht ein schönes Haus zum Verkauf." Ich ging es mir also ansehen und fand gleich gefallen daran. Es war ein schöner alter Ziegelbau, Baujahr 1904 . Im Nebengebäude befand sich sogar ein kleiner Laden. Also alles sehr geeignet für ein Geschäftshaus. Als ich mir so das Gebäude ansah kam ein älterer Herr auf mich zu und sagte „ Ja, ja das Haus ist gut und gar nicht so teuer. Glaube so für 50.000 DM können Sie es kriegen"
Als ich wieder in Lehmke war. Habe ich mich sofort mit dem Hausbesitzer in Verbindung gesetzt und einen Besichtigungstermin abgesprochen.
Der Hausbesitzer wollte dann aber 72.000 Dm haben was mir dann doch zu viel war. Habe mich dann aber doch hingesetzt uns schriftlich mein Angebot gemacht. Hatte Ihm 55.000 DM angeboten und Er war einverstanden und der Kaufvertrag wurde abgeschlossen.
Es hatte sich wohl kein anderer Interessent gefunden. Vielleicht hat es Andere gestört daß das Haus die Nr. 13 trägt, was für mich meine Glückszahl ist. Vielleicht störte auch der Friedhof auf der anderen Straßenseite. Das sehe ich auch positiv, denn friedlichere Nachbarn kann man sich doch gar nicht wünschen .
Wir sind dann zum 1. Oktober 1965 umgezogen. Geholfen hat wie immer die ganze Verwandschaft. Nun im Jahre 2008, wo ich diese Geschichte schreibe, leben wir schon 43 Jahre hier in Rosche.
Über diese Zeit werde ich dann im folgenden Bericht schreiben.

- Rosche -

Das Roscher Haus wurde im Jahre 1904 gebaut und war entsprechend dem Alter auch nicht so modern eingerichtet.
Die Elektroleitungen waren zum Teil noch auf Putz verlegt. Ein Badezimmer gab es auch nicht. Da war nur ein Plumpsklosett im Nebengebäude eingebaut. Wir mußten also immer über den Hof dorthin gehen.
Am Dachgiebel war das Holz verrottet. Schwiegervater Au und die Schwager Erwin und Günther haben geholfen neue Bretter anzubringen. Opa Au ist da, mit seinen gut 70 Jahren, wie ein Junger auf dem Dach herum geklettert. Auch später war Opa Au immer zur Hilfe bereit und hat auf so manchem Bau mitgearbeitet.
Bewohnen konnte wir im ersten halben Jahr nur die Räume im Obergeschoß. Unten wohnte zur Hälfte die Familie Krahn die gerade dabei war ein eigenes Haus zu bauen. Sie waren sehr froh, daß Sie bis zur Fertigstellung Ihres Neubaus noch bei uns wohnen durften und zeigten sich auch später sehr dankbar. Eine Frau Meier, welche die andere Hälfte des Untergeschosses bewohnte ist schneller ausgezogen. Im größeren Zimmer im Untergeschoß habe ich dann später ein Badezimmer, einen etwas kleineren Wirtschaftsraum und zwei Toiletten eingebaut. Mußte dazu einige Wände ziehen und danach alles fliesen.
Im anderen Zimmer, zur Straßenseite hin, wurde mein Büro eingerichtet. Erwähnen möchte ich noch, daß in diesem Raum, mit Warteraum im Flur, eine Zahnarztpraxis drin war. Auf dem Fußboden war da noch ein runder Abdruck des Behandlungsstuhls zu sehen. Möchte nicht wissen wieviel Patienten darauf gejammert haben.
Als die Familie Krahn ausgezogen war, wurden die anderen Räume, Wohnzimmer. Schlafzimmer und Küche auf Vordermann gebracht. Im Wohnbereich wurde durch Durchbruch einer Zwischenwand ein großes Wohnzimmer erstellt. Schwager Röber hat danach eine sehr schöne Zwischendecke eingezogen und eine Garderobe mit Schrank und Spiegel im Flur eingebaut.
In der Küche mußten die alten abgetretenen Bodenfliesen entsorgt werden und nach Verstärkung des Fußbodens mit Stahlmatten und scharfer Zementmischung neue Bodenplatten verlegt werden.
Natürlich erhielten auch die Wände einen schönen Fliesenbelag.
Also es wurde Alles rundherum erneuert.
Auch der Maler, Herr Ratz, hatte da bei Innen - und Außen - Arbeiten sehr viel zu tun. Die Elektroleitungen im Untergeschoß mußten neu verlegt werden. Diese Arbeiten und auch die kompletten Naßräume habe ich selbst hergestellt. Hatte ja da schon lange „Morbus - Bechterev" war aber immer noch sehr beweglich. So konnte ich noch recht gut diese

Arbeiten erledigen. Habe dann auch für das ganze Haus eine Luftheizung eingebaut, die einige Jahre gute Dienste geleistet hat.

In der Familie ging es auch voran. Am 28. 12. 1973 wurde unser dritte Sohn Hartmut geboren. Nun hatten wir fünf schöne Kinder.

Inzwischen hatten Sie sich auch recht gut in Rosche eingelebt. Helga, Heidi und Holger sind dem Spielmannzug der Feuerwehr Rosche beigetreten.

Helga war später sogar Tambor - Majorin. Holger mit seinen 8 Jahren war der jüngste Trommler. Die Feuerwehr hatte für Ihn sogar eine extra kleine Trommel gekauft. Helga hat auch lange Zeit im Posaunenchor der Kirchengemeinde mit gespielt. Also war unsere Familie schon ganz schön ins Gemeindeleben aufgenommen. Unsere Kinder haben quasi mich gut vertreten da ich aus Gesundheitsgründen in dieser Richtung nicht soviel bewerkstelligen konnte.

Beruflich ging es weiter gut voran. Der kleine Laden hat sich bewährt, konnte da doch einige Öfen ausstellen.

Es fehlten jetzt aber auch Garagen, für die im hinteren Bereich des Gartens Platz geschaffen werden mußte. Der ganze Platz von der Straße bis zu den Garagen mußte gepflastert werden. Zuvor wurden von mir neue Abwasserrohre verlegt.

Hatte nun drei Autogaragen und eine Lastwagengarage für einen später anzuschaffenden LKW. Der gepflasterte Hof davor war groß genug und ließ sich sehr gut gefahren.

Am Giebel unseres Wohnhauses habe ich zum Garten hin eine Tür geschaffen. Davor wurde eine schöne Terrasse von der Erde des Innenhofs aufgefüllt. Diese Erde mußte raus für ein Sandbett der neuen Fußbodenplatten.

Die hintere Hälfte des Nebengebäudes wurde dann als Werkstatt eingerichtet. Im Nebengebäude waren jetzt ein Laden, ein kleiner Raum dahinter und besagte Werkstatt. Auf dem Boden konnte auch Material gelagert werden.

Einen schönen Raum über dem Laden wollte sich Tochter Helga als Hobbyraum einrichten. Hatte auch schon mit Verschalung mit Brettern begonnen. Auf dem Holzboden hatte ich Spanplatten verlegt um eine bessere Festigkeit zu bekommen. Die ganze Sache mit dem Hobbyraum hat sich dann aber doch zerschlagen.

Die Kinder wurden älter und Harald sah sich nach einer Berufstätigkeit um. Nach längerem überlegen hat Er sich bei der Polizei beworben und wurde angenommen. Er wurde zur Polizeischule nach Hann. - Münden eingezogen. Harald merkte aber bald, daß dies nicht der erwünschte Beruf für Ihn ist. Nach ca. einem halben Jahr sagte Er zu mir : „ Du Papa daß gefällt mir da nicht mehr, dauernd wird man herum kommandiert und vor allen Dingen solch junge Schnösel tun das. Wenn ich mir vorstelle, daß das immer so weiter geht, höre ich lieber auf."

Weiter sagte Er, „ Ich möchte nun doch Ofensetzer werden und bei Dir lernen" Als ich entgegen hielt, daß ja auch ich viel meckern werde war sein letztes Wort" Na dann mecker lieber Du". Das hörte sich so an, als ob Er meinte, das geht ja dann sowieso zum einen Ohr rein und zum Anderen raus.

Nachdem Harald in Hann, - Münden gekündigt hatte, rief mich der Chef der Polizeischule noch einmal an. Er bedauerte daß Harald aufhören wolle zumal Er der beste Sportler der Schule war und seiner Meinung nach gut bestehen würde. Als ich Ihm aber sagte, daß ich recht froh bin das Harald Ofensetzer werden wolle, gab Er sich zufrieden. Hat aber empfohlen, daß Harald ein Jahr vollmachen solle. Harald tat es dann auch. Das **war dann auch später wohl der Grund, daß unser Junge nicht** zur Bundeswehr eingezogen wurde. Nach diesem einen Jahr hat Harald dann bei mir als Ofensetzer - Lehrling angefangen. Er war ein sehr guter Lehrling und Geselle. Inzwischen ist Er längst Meister und hat mein Geschäft übernommen.

Nun begann für Tochter Helga das Berufsleben. Sie hat aber zunächst noch die Hauswirtschaft - Schule in Uelzen besucht und abgeschlossen. Konnte danach die Lehre als Kinderkrankenschwester beginnen und zwar in der Kinderstation im Krankenhaus in Lüneburg. Leider mußte Sie aber zwischendurch zur Blinddarmoperation hier nach Uelzen. Hatte dann nach Komplikationen gut vier Wochen aussetzen müssen und so den Anschluß verpaßt. Das erste Jahr wiederholen, wie es vorgeschlagen wurde, das wollte Helga nicht und kam überraschend zu mir mit der Bitte auch Ofensetzerin lernen zu dürfen. War zunächst gar nicht so begeistert, denn unser Beruf ist sehr schwer. Habe dann aber doch nachgegeben und stellte Sie als Ofensetzer Lehrling ein. Brauchte das nie bereuen, denn Helga war sehr ehrgeizig. Sie war später als Gesellin immer recht stolz, wenn Sie einen Kachelofen alleine aufgebaut hat. Helga war übrigens ie erste weibliche Ofensetzer - Gesellin der Bundesreplubik.

Unsere Heidi, die zuletzt auch auf der Hauswirtschaft - Schule in Uelzen war, bekam danach eine Stelle im „Jugenddorf für schwer erziehbare Jugendliche" in Göddenstedt. Sie wurde Sozialpädagogin und geht in diesem Beruf voll auf und fühlt sich wohl.

Holger begann nach Schulabschluß als Kfz - Schlosser bei der Firma Sagehorn. Hat in diesem Beruf auch die Gesellenprüfung abgelegt. Danach durfte Er zur Fachoberschule hat aber leider zum Schluß „ allein wegen Faulheit" nicht bestanden. Na wie sollte es anders sein, auch unser zweiter Junge wollte nun auch Ofensetzer werden. Hatte keine Bedenken Ihn einzustellen zumal der Junge im Grunde sehr clever ist. Die Gesellenprüfung bestand Holger mit links. Man hatte Ihm sogar angetragen , eventuell den Berufsschullehrer - Beruf zu ergreifen.

Inzwischen ist Holger schon längst Meister und Selbständig. Ein schönes Haus mit 10.000 Quadratmeter großem Grundstück in Göddenstedt hat Er inzwischen auch schon erworben.
Nun war auch schon Sohn Hartmut reif fürs Berufsleben. Als Praktiksnt war Er zweimal beim Koch im Kurhaus in Bad Bevensen auf Schnupperkurs. Der Koch hat Ihn danach auch ganz gerne als Kochlehrling eingestellt. Als Geselle bekam Hartmut dann, auch durch Empfehlung des Chefkochs, eine Einstellung beim Hotel „Sherington" in München. In dieser Zeit wurde Er auch zu einem Schau - Kochen auf bayrische Art nach Mexiko geschickt. Nach „Sherington" war Hartmut zweimal auf einer vier Sterne Jacht als Koch tätig. Danach hat Ihn ein Herr Meier, der erster Mann im „Sherington" war, als Chefkoch in seinem eigenen Hotel am Chiemsee an geworben. Er hatte dort aber viel zu viel zu tun bei nicht entsprechend guter Bezahlung. Gesundheitlich war das auf die Dauer nicht durch zu halten. Seine beiden älteren Brüder Harald und Holger haben das wohl spitz gekriegt und sind zu Ihm gefahren um Ihm zu raten den Beruf zu wechseln. Hartmut war ja noch so jung so daß Er sicher eine zweite Lehre beginnen konnte. Lange Rede kurzer Sinn, die beiden haben Ihn überredet, na zu was denn schon, natürlich auch Ofensetzer zu lernen. Gesagt getan, nun waren alle Brüder und Schwester Helga in diesem schönen Beruf tätig. Inzwischen ist Hartmut schon einige Jahre bei Harald als Altgeselle tätig. Erwähnen möchte ich hier noch, daß Tochter Heidi auch ca. zwei Jahre bei Harald im Büro tätig war. Die Jungs haben Ihr sogar, für ausgezeichnete Arbeit , einen goldenen Oskar überreicht. - Ich bin sehr stolz auf unsere Kinder -

Unser Haus in Rosche

Grundstückskauf in Uelzen

In Rosche gab es dann in den 90-ziger Jahren eine Erneuerung des
Dorfes unter dem Stichwort „ Unser Dorf soll schöner werden „ .
Es wurden Gelder vom Land zur Verfügung gestellt. Habe diese
Gelegenheit war genommen und die Verschönerung des Hauses in
Angriff genommen. Unser Haus erhielt neue Dachpfannen. Auch der alte
Zaun mußte weichen, da die Grundstücksgrenze im Zuge einer
Verbreiterung der Straße versetzt werden mußte.
Konnte aber den schönen alten eisernen Gartenzaun zur Hälfte wieder
verwenden, nur für den Bereich des Gartens hat Schmiedemeister Krüger
einen neuen Teil gefertigt und aufgesetzt. Habe dann in ca. drei Wochen
dem neuen Zaun einen neuen Anstrich verpaßt. Er wurde schön
dunkelgrün gestrichen mit silbernen Köpfen und Mittelverzierungen.
Das war für mich den schon eine schwere Arbeit weil ich nicht mehr so
beweglich war. Haus und Gartenzaun sahen nun viel schöner aus und
paßten sich sehr gut dem Gesamtbild von Rosche an.
Das Ofensetzer - Geschäft lief recht gut, so daß ich mich mit dem
Gedanken trug, die Firma zu vergrößern bezw. zu erweitern. Habe mich
nach Uelzen orientiert und in diese Richtung meine Fühler aus gestreckt.
In der St. Vittistraße hatte ich ein passendes Haus gefunden und beinahe
auch gekauft. Zum Glück hat es sich in letzter Stunde zerschlagen da der
zuständige Vermittler es wohl selbst erworben hat.
Nach langem suchen hatten wir dann doch großes Glück . Das
Grundstück Gr. Liederner Straße 40 stand zum Verkauf. Es hatte in etwa
eine Größe von 1.200 m2 mit einem schönen Winkelbungalow und einer
ca. 25 x 12 m großen Halle. Es war alles wie für uns geschaffen. Der
Verkäufer war zufällig auch ein Ostpreußischer Jung wie ich und so
wurden wir uns schnell einig. Nach einem Telefonat vom ca. 10 Minuten
war der Verkauf perfekt. Die Sparkasse hat auch mitgespielt und hielt die
Sache nach einer Besichtigung für sehr solide. Nun gingen der Umbau
und die Erneuerung los. Eine neue Heizung für Haus und Halle wurde
im Winkelbungalow eingebaut. In der Halle wurden 10 cm dicke
Ytonsteine zur Isolierung vorgebaut. Wo früher zwei große Einfahrtstore
für die Werkstatt waren paßten wunderbar neue Schaufenster hinein. Im
vorderen teil der Halle ergaben sich zwei schöne Läden. Daneben waren
zwei Büroräume. Hinter allem dann ein großes Lager und Werkstatt.
Eine Dusche und ein W-C wurden auch in die Ecke der Halle eingebaut.
Im Laden haben wir etliche Kachelöfen, Kachelherde - und Kamine
aufgestellt.
Im hinteren Gartenteil mußten 6 Zitterpappeln entfernt werden was gar
nicht so einfach war. Um den Garten wurde ein neuer Zaun gezogen.

Harald hat ein neues Bad im Haus eingebaut und neu verfließt. Na und
Maler Ratz hatte auch gute 14 Tage in Haus und Halle zu tun.
Tischlermeister und Schwager Günther Röber hat sämtlich Fenster und
die Schaufenster neu gefertigt und eingebaut. Zum Schluß wurden
schöne Reklameschilder angebracht und es war Neueröffnung.
Alles klappte so gut weil die ganze Familie mit geholfen hat. Meistens
konnte ja auch nur in den Abendstunden gearbeitet werden, weil das
Geschäft ja auch weiter laufen mußte. So im Nachhinein kann ich es noch
gar nicht so begreifen, wie wir das Alles geschafft haben.
Harald ist dann in den Bungalow eingezogen, so daß immer jemand vor
Ort war.
Der Laden fand großen Zuspruch und bald waren über die Hälfte der
eingebauten Öfen verkauft.
Als Mitarbeiter waren außer Harald noch die Lehrlinge Frank Müller und
Jörn Geisler bei uns beschäftigt.
Über die beiden Lehrlinge gibt es eine schöne Geschichte zu erzählen.
Sie hatten beide bei einer Berliner Familie in Waddeweitz gearbeitet und
dort einen Kachelofen um gesetzt. Als ich die Baustelle zwischendurch
einmal aufsuchte nahm mich der Hausherr bei Seite und erzählte: „Sie
Herr Müller bei Ihren Leuten ist etwas sehr witziges passiert. Er erzählte
weiter : „ Neulich hörten wir folgendes. Der jüngere Lehrling Jörn war
dabei ein neues Loch in den Schornstein für den neuen Ofenanschluß zu
meißeln. Er stöhnte dabei laufend und fluchte gewaltig. Die Steine waren
wohl zu hart. Auf einem mal hörten wir, daß Frank den Jörn zur Seite
nahm und ganz ernsthaft sagte. „ Du Jörn ich will Dir einmal sagen, wie
Du das Loch ganz leicht rein bekommst. Nimm Dir einmal einen Stuhl und
setz Dich davor. Dann nimmst Du Dein Taschentuch und fängst furchbar
an zu weinen. Jörn fragte da noch ganz naiv, und dann? Daraufhin lachte
Frank und wir hörten Ihn sagen „ Ja dann geht das Loch von ganz alleine
rein!" Jörn stutzte und begriff dann den Scherz. Er nahm Hammer und
Meißel zur Hand und im Hand umdrehen war das Loch drin." Also ich fand
die Geschichte gut, so war der Frank und in Jörn hatte Er den richtigen
Partner gefunden den man auch einmal veräppeln konnte.
Bald mußte ich die Firma vergrößern. Helga war ja inzwischen auch
eingestellt. Zwischenzeitlich war für drei Monate auch ein Geselle aus der
ehemaligen DDR bei uns beschäftigt. Obwohl Er ein netter Kerl war und
zu den Anderen recht gut paßte mußte ich Ihn wieder entlassen. Er
entsprach nicht unseren Ansprüchen.
Eingestellt habe ich dann aber einen sehr guten Altgesellen den Herrn
Lüßmann. Er war auch ein sehr guter Fliesenleger und konnte den
Jüngeren noch einiges beibringen. Mit Ihm war es ein sehr gutes
Zusammenarbeiten.
Eine Geschichte ist Ihm doch gewaltig an die Nieren gegangen.

Kommt Er doch mitten am Arbeitstag ins Büro und flucht . Meister diese komische Freundin von dem Dr. Löbelt hat mich doch nach Hause geschickt. So etwas ist mir überhaupt noch nicht passiert. Er hatte eine Bodenplatte eingelegt an einer ziemlich krummen Außenwand. Diese Frau, eine Französin war dauert am meckern, nichts war Ihr recht. Daraufhin wollte der Altgeselle Sie wohl ärgern und nahm es nun ganz genau. Er sagte zum Lehrling Jörn, paß auf Junge da vorne links muß die Platte noch einen halben Millimeter zur Wand, auf der anderen Seite 1/8 mm. Das hatte der Dame dann wohl doch genügt, da Sie wohl merkte daß Sie veräppelt wird. Sie wollte daß Er die Baustelle verläßt. Noch lange Tage danach hat Herr Lüßmann sich immer noch darüber aufgeregt. Harald hatte dann die unliebsame Aufgabe die Arbeit dort zu Ende zu führen. Später dann bei der Kaminübergabe bekam ich auch etwas Ärger mit der guten Frau. Sie stand mit Ihrer Bekannten, auch einer Französin da und unterhielt sich irgendwie abfällig über mich, das merkte ich irgendwie schon. Als mir das zu bunt wurde habe ich die beiden auf Russisch angesprochen und gefragt was Sie da wohl erzählen. Etwas erstaunt sahen die beiden mich an und ich sagte „ sehen Sie, so ist das wenn man sich nicht versteht. Wollen wir uns doch nicht lieber auf Deutsch unterhalten? Na ja, warm bin ich mit der Dame nicht geworden. Leid tat mir da nur etwas der gute Dr. Löbelt, der ein sehr netter Mann war. Ob Er diese Französin später einmal geheiratet hat weiß ich nicht, ich jedenfalls würde Ihm dazu nicht geraten haben.
Es gab da schon einige komische Kunden die mir so im Laufe des Berufslebens über den Weg gelaufen sind. Erinnere mich da besonders an einen Ingenieur aus Uelzen. Es ging um einen sehr schönen kleinen Kachelkamin für den Freisitz. Die Verhandlungen hatte ich mit seiner Frau geführt, wir waren uns schnell einig und ich erhielt von Ihr den Auftrag. Der gute Ingenieur war nie da und geschäftlich laufend in der ehemaligen DDR. Es war die Zeit der Wende. Als ich dann die Kacheln bestellt und auf Lager hatte, habe ich dieses Material, wie von jeher üblich, in Rechnung gestellt. Da mit einem mal tauchte der gute Mann auf und sagte, seine Frau könnte gar nichts entscheiden . Ganz groß kodderig unterbreitete Er mir seinen Vorschlag . Er meinte „ Herr Müller wir machen folgendes, Sie bauen den Kamin auf, wir machen dann eine Probeheizung und wenn alles klappt bekommen Sie sofort bares Geld." Na da war Er ja bei mir gerade richtig gelandet. Ich ließ mir die Rechnung über das Kachelmaterial die Er bei sich hatte geben und hab sie zerrissen und in den Papierkorb geschmissen. Sagte zu Ihm „ so lieber Mann lassen Sie sich Ihren Kamin bauen wo Sie wollen, wir sind geschiedene Leute. Besonders geärgert hatte es mich auch, wie Er über seine nette Frau gesprochen hatte. Na ja ich glaube ich bin da einigem Ärger von vorne herein aus dem Wege gegangen. Wie ich später von einem Kunden, der ein Schulkamerad von diesem Ingenieur erfahren konnte,

war dieser schon von jeher ein Spinner. Ja es schon auch komische Kunden. Auffallend war auch und das habe ich auch von anderen Kollegen erfahren, daß es oft mit Lehren Schwierigkeiten gab. Sie taten manchmal sehr schlau in der Theorie, die Praxis sah dann oft anders aus. Da klappte es dann oft nicht den berühmten „ Nagel in die Wand zu schlagen".

Von einem Kunden muß ich auch erzählen die sich am Ende in Wohlgefallen auflöste. Ein Mann kam eines Tages ins Büro und sagte ganz forsch „ Ich bin der Herr von Steuben". Ich fragte sofort, „ muß ich nun aufspringen und die Hacken zusammen reißen"? Er stutzte dann doch etwas und wurde ganz friedlich und sagte mir daß Er einen Kamin von mir aufgebaut haben möchte. Das komplette Material können Er besorgen denn Er wäre beim Springer - Verlag angestellt und käme überall heran. Als ich dann zu Ihm sagte, daß ich den Kamin wohl bauen könne aber natürlich auch das komplette Material selbst liefere, da ich ja auch die Garantie übernehmen muß, wurde Er zugänglich. Als ich dann mit Ihm weiter ins Gespräch kam und erfahren konnte, daß Er ein Nachkomme des berühmten Generals von Steuben ist erzählte Er auch sofort, daß Er auch immer zur Steubenparade nach Amerika eingeladen wird, war das Eis gebrochen. Zum Schluß sagte Er „ wissen Sie was, ich schicke Ihnen meine Frau, die weiß sowieso besser damit Bescheid. Mit der können Sie dann alles besprechen. Das fand ich gut, einmal etwas ganz anderes als dieser komische Ingenieur aus Uelzen.
Der Auftrag wurde schnell erteilt. Der Altgeselle hat den schönen Putzkamin mit antiker Umrahmung dann gebaut.
Später wurde der Kamin, wie immer von mir angeheizt. Erschienen waren mehrere Damen des Kaffeekränzchen der Frau von Steuben. Es wurden zwei nette Stunden an diesem Nachmittag.
Inzwischen hatten auch die Lehrlinge Frank Müller und später auch Jörn Geisler Ihre Gesellenprüfung bestanden. Frank war noch ein Jahr bei mir als Geselle tätig. Dies hatten wir gleich bei Lehrlingsbeginn festgelegt. Er war ein sehr guter Geselle, der später als junger Meister das Geschäft seines Vaters übernommen hat. Jörn wurde zur Bundeswehr eingezogen und ist nicht mehr in den Beruf des Ofensetzers zurück gekehrt.
Inzwischen hatte ja auch Holger die Lehre begonnen und auch später als Geselle bei uns gearbeitet.
Es war nun das Jahr 1993 gekommen und ich habe das Geschäft an Harald verkauft. Er hatte ja inzwischen auch längst seine Meisterprüfung abgelegt und somit die Voraussetzung für die Selbständigkeit geschaffen. Sein erster und bisher auch einziger Lehrling wurde sein Bruder Hartmut, jetzt haben also drei Brüder zusammen gearbeitet. Helga war inzwischen ausgeschieden. Es ist schon interessant zu wissen, daß diese Berufsgleichheit in der Familie wohl vererbbar ist. So war mein Großvater väterlicher seits Schäfermeister. Genau so mein Vater der dann auf

seiner ersten Stelle in Ringels in Ostpreußen seine beiden Brüder Ernst
und Albert bei sich als Schäfergehilfen beschäftigt hatte. Später ist der
Bruder Ernst auch selbständiger Schäfermeister geworden.
Nun weiter im Geschäft in Uelzen. Harald und Holger hatten auch einmal
Ärger mit einem Kunden in Ebstorf. Beide wollten in Nachbarhäusern
Kachelöfen aufbauen. Nun hatte sich aber der Kunde, bei dem Holger
den Ofen bauen sollte sehr komisch zu Ihm verhalten. Hatte dauernd
herum gemeckert und Ihm sogar Rauchverbot in seinem Neubau erteilt.
Am liebsten hätte Er ja wohl noch, daß Holger die Schuhe auszieht.
Daraufhin ist Holger rüber zu Harald gegangen und Ihm vorgeschlagen zu
tauschen. Harald , als Chef ging mit Holger mit und hat kurzer Hand das
komplette Material mit Holger wieder weggeholt und in den Laster
getragen. Zum verdutzten Kunden sagte Er, nun lassen Sie sich mal Ihren
Ofen von jemand setzen der sich von Ihnen herum kommandieren lößt.
Später konnte Harald erfahren, daß der nörgelnde Kunde es doch sehr
bereut hat, den ofen nicht von Holger setzen zu lassen. Der Kunde der
den Kachelofen bekommen hatte war mit dem Ofen nämlich sehr
zufrieden .
Nun möchte ich doch zum Schluß kommen, habe ja genug
aufgeschrieben und hoffe nur, daß auch meine Kinder und Enkel daran
etwas gefallen finden können. Es einem Jeden recht zu machen geht ja
bekanntlich so wie so nicht.
Jedenfalls freue ich mich sehr, wie es in unserer Familie so gelaufen ist.
Bin sehr glücklich, daß auch meine Kinder an dem schönen Ofensetzer
Beruf gefallen gefunden haben. - Wünsche Ihnen viel Glück -

Gedichte voller Humor

Günther Müller aus Rosche liebt das Schreiben

Rosche. Günther Müller aus Rosche hat Post aus Kaliningrad, dem ehemaligen Königsberg, bekommen. Nein, keine Post von irgendwem, sondern von Professor Dr. Vera Sabotkina, der Prorektorin für Internationale Angelegenheiten der Russischen Staatlichen Immanuel Kant Universität. Klingt wichtig ud ist auch wichtig. In dem Brief schreibt die Professorin, dass Günther Müller zur Volkerverständigung beitrage. Der Hintergrund ist schnell erklärt. Der Roscher hat nämlich seinen aktuellen Gedichtband mit dem Titel „Historik - Poesie - Lyrik" an die Universität geschickt, wo dieser in den Bücherbestand aufgenommen wurde. Der Band enthält rund 20 Gedichte, die überwiegend Erzählungen aus Ost- und Westpreußen in Gedichtform wiedergeben. Günther Müller wagt in seinen Gedichten einen Blick zurück, erzählt zumeist in humorvoller Weise von den alltäglichen Dingen des Lebens: Von der Liebe zum Beispiel. Überhaupt spielt seine Familie eine große Rolle, so wie etwa Enkeltochter Lara. Aber auch von „Feldmann, dem Hütehund", von „Stürmischen Herbstzeiten" und vom „Jahreswechsel 1941" weiß Günther Müller in seinem Buch, das 44 Seiten umfasst, zu berichten. **Historik, Poesie, Lyrik,** Günther Müller, Books on demand, 2008, 44 Seiten

Aktueller Gedichtband

Siehe auch Seite 90

- Der allererste Blick -

1.) Im Kundendorf fuhr ich dahin,
    hatte nur Ofen reinigen im Sinn.
    Da kommt den Berg runter gefahren
    ein Mädel schön, kaum 16 Jahr.

2.) Grüner Rock und dunkle Haare
    gut gebaut, ein flottes Kind
    und Jungs wie ich, in besten Jahren,
    dafür sehr empfänglich sind.

3.) Ich schau hinüber, Sie zurück,
    für mich wars wie ein Donnerschlag.
    Sie guckt mit sehr erstaunten Blick
    und denkt wohl, na was der wohl mag?

4.) So fährt Sie schnell an mir vorbei,
    ich ins Pedal, schau mich gleich um.
    Ich warte, ob`s wohl möglich sei ?
    Ja, Sie dreht gleich ihr Köpfchen um.

5.) Ein verschmitztes freches grinsen
    warf Sie mir noch einmal zu,
    ich denk, das ging wohl in die Binsen,
    Jung, Jung, Jung was mach ich nu?

6.) Währ ich damals nicht so schüchtern,
    dreht ich um und führ Ihr nach.
    Doch ich sah die Sache nüchtern,
    Hatte noch Zeit, gemach - gemach.

7.) Mußte dann zwei Jahre warten
    bis zum nächsten Wiedersehn.
    Tat da gleich zum Angriff starten
    s`gab kein vertun und kein versehn,

8.) So hab ich doch nach langem bangen,
    mir mein Mädel eingefangen.
    Oft noch gern denk ich zurück
    an unseren allerersten Blick.

Günther Müller, 29571 Rosche.

Limerick`s - und andere Überlegungen

1.) Der Elefant, ein kluges Tier, hat einen langen Rüssel ;
*   er geht im Käfig hin und her, - der Wärter hat die Schlüssel ! -*

2.) Es starb E. T. A. Hoffmann und sein Sohn,
*   es starb der alte Blücher, es starb sogar Napoleon,*
*   kurtzum, man ist sich seines Lebens nicht mehr sicher.*

3.) Ich war im Leben da und hie und sucht nach Dornen
*   unverdrossen. Da fand ich da so manches, doch eines fand ich*
*   nie: ein Negerweib mit Sommersprossen.*

4.) Es stand schon immer in der Bibel, als von der Menschen
*   erstem Übel: Vom Schweiße seines Angesichts.*
*   Jedoch vom Fuß - Schweiß steht dort nichts.*

5.) Es ist so schön im Frühjahr wohl zu riechen,
*   obwohl ich sonst kein großer Lustmolch bin.*
*   Meinem Chef wollte ich in den Hintern kriechen,*
*   doch saßen schon ein Dutzend andere , Prominentere , drin.*

6.) Es wogt das Korn im Abendwind, es woget auf, es woget nieder,
*   es wogt der Jungfraun Busen unterm Mieder ,wer wogt gewinnt.*

7.) Wenn auf der Wiese Blumen blühen, dann weiß man daß jetzt
*   Frühling ist, die Pärchen durch die Auen ziehen, — die Bauern*
*   fahren Mist. —*

8.) I ka guat ohne d`Menscha sei , am lieabschta gang i ganz allei
*   dia alt Stoig nàb, vorbei am Rogga, en Wald nei ond dur*
*   Brombeer brocka. Do isch doch alles friedle gelt, vergesse duat*
*   ma die ganz Welt, sem oigne Innre ischt ma noh*
*   ond d`Menscha kennt oin - no - jo !*

Dieses war der Auszug aus einer Vortragsfolge anläßlich eines
Bierbrauergesellenabschiedes . (Gehalten von Herrn Beck).

Ein authentischer Brief eines Versicherungsnehmers.

Sehr verehrte Versicherung!
Nachdem ich nun im Krankenhaus bin und wieder schreiben kann, muß ich Sie,
verehrte Versicherung, bitten, meinen Unfallschaden wie folgt aufzunehmen:....
Ich hatte vom Bau meines kleinen Häus`chens noch Backsteine übrig und diese
wegen der Trockenheit auf dem Speicher gelagert. Jetzt wollte ich aber ein
Hühnerhaus bauen und dazu die oben gelagerten Steine verwenden.
Dazu erdachte ich mir folgende Maschinerie:...
Der Speicher hatte oben an der Giebelwand eine Tür woraus ich einen Balken
verankerte und daran ein Bälkchen mit einer Rolle, wodurch ich ein Seil laufen
ließ. An dem Seil hatte ich eine Holzkiste befestigt, die ich dann hinauf zog.
Das Seil hatte ich dann unten an einem Pflock festgebunden.
Jetzt bin ich hinauf gegangen und habe die Steine in die Kiste geladen. Dann bin
ich hinunter gegangen und wollte die Steine in der Kiste an dem Seil langsam
herunter lassen. Ich band das Seil los, hatte dabei aber nicht daran gedacht, das
die Steine schwerer waren als meine Person. Als ich bemerke, daß die Steine so
schwer waren, hielt ich das Seil ganz fest, damit die Steine nicht herunter
stürzten und kaputt gingen, denn ich brauchte sie ja für das Hühnerhaus.
So ist es dann geschehen, daß mich die Steine an dem Seil nach oben zogen,
wobei mir die Kiste die linke Schulter aufgerissen hat, als wir uns in der Mitte
begegneten. Ansonsten bin ich gut an der Kiste vorbei gekommen. Habe aber
oben mit meinem Kopf angestoßen, und zwar erst an dem Bälkchen und ann an
dem Balken.... Trotzdem hatte ich aber das Seil festgehalten, damit ich nicht
hinunter falle. In dem selben Augenblick ist aber die Kiste mit den Steinen unten
auf dem Boden angelangt, durch den heftigen Aufprall ist der Boden heraus
gebrochen, und so konnte es geschehen, daß die Kiste wieder leichter wurde als
ich. Die Folge davon war, daß ich als der schwerere Teil wieder nach unten
sauste, und die Umrahmung der Kiste wieder nach oben, wobei wir uns in der
Mitte wieder begegneten. Dabei schrammte mir der Kistenrest die rechte
Schulter. Als die Kiste oben war, fiel ich unten so unglücklich auf den Boden,
daß ich mir das rechte Bein gebrochen habe und sofort in Ohnmacht fiel.
Nur so konnte es geschehen, daß ich das Seil losließ, was wiederum bewirkte,
daß die Kiste, allerdings ohne Boden, wie eine Birne von oben auf mich herab
fiel, und mich so unglücklich traf, daß ich demnächst oben und unten ein Gebiß
angepasst bekomme. ... Daß der Schaden nicht noch größer geworden ist,
verdanke ich Ihrem Versicherungsagenten, bei dem ich eine Unfallversicherung
unterschreiben mußte und zu der ich nach Wiederherstellung meiner Gesundheit
und meiner Zähne die Rechnung einreichen werde. Wenn Sie diese dann
beglichen haben, werde ich Sie im Dorf weiter empfehlen.
Hochachtungsvoll .....   gez.. Hermann Kaminsky .

Verfasser unbekannt, aufgeschrieben von G. Müller

- Glockengedicht -

Vom Turm löst sich ein Glockenton
es ist das „Bamm" und schwingt davon.
Es sucht die Glockentönin „ Bimm"
die hat so gar nicht viel Benimm.
Sie zieht soeben mit dem „Bumm"
vom Nachbarsdorf im Landkreis rum.
Doch unser „Bamm" so gerne Dein
er findet gar nicht wieder heim.
Sein Herz voll edler Dichtung
führt ihn in gänzlich falsche Richtung.

Bald ruhn die Wellen dann vom Schall -
Ach wie fatal – Ach wie fatal –

-Verfasser nicht bekannt-

- Drei Limmerick`s -

1.) Die Mutter zu der Tochter sagt, paß auf und laß dich nicht verführen,
   es sei denn wenn er höflich fragt, dann brauchst dich nicht zu zieren.
2.) Ja bleibe lustig und vergnügt, stets fröhlich , immer munter,
   das ist es was die Welt so liebt, doch meistens buttert man dich unter.
3.) Sieh da, sieh da Thymotheus, die Kraniche des Ühpykus!
   Der aber gibt sein Alter an und sagt daß Er nichts sehen kann!
   Auf dieser Welt ist`s doch gerecht, auch alte Griechen sehen schlecht!

G. Müller, 29571 Rosche

Und einmal etwas Schwäbisches:

I ka guat ohne d` Menscha sei, am lieabschta gang i ganz allei
dia alt Stoig na`b, vorbei am Rogga, en Wald nei ond dur
Brombeer brocka. Do isch doch alles friedle gelt, vergesse duat
ma die ganz Welt, sem oigne Innre ischt ma noh
ond d`Mrnscha kennt oin – no – jo !

Meister Rudolf Müller --- Ein Bevenser Orginal ---

Am 01. 01. 1947 beginnt meine Lehre als Ofensetzer bei Firma Rudolf Müller im schönen Bevensen, nach 1 ½ jähriger Zivilgefangenschaft in Rußland.
Die Lehr - und dann langjährige Gesellenzeit hat mich für das spätere Leben geprägt und war Grundlage für die dann folgende langjährige Selbstständigkeit.
Diese Geschichte möchte ich meinem Lehrmeister Rudolf Müller, bei der Kundschaft auch liebevoll „Lehm - Rudi" genannt, widmen.
Es gab da einige lustige Begebenheiten die es , meiner Meinung nach , verdienen festgehalten zu werden. So zum Beispiel meine erste Arbeitsstelle als Lehrling , die auf Hof Hoburg in Sasendorf war.
Nach getaner Reinigungsarbeit gab es da ein richtiges Bauernfrühstück, in der damals knappen Zeit eine richtige Wohltat.
Frau Hoburg , eine nette resolute Frau, hatte Spiegeleier in die Pfanne geschlagen, für mich ein Festessen. Auch in spähteren Jahren gab es bei Hoburgs immer ein schmackhaftes Mittagessen und grundsätzlich Pudding als Nachspeise. Bei fast allen Bauern gab es für die Handwerker damals Mittagessen.
Meister Müller hat da mitunter auch etwas nachgeholfen. So zum Beispiel bei Mutter
Schulz in Römstedt, dem Eckhof gegenüber der Gastwirtschaft Deumann.
Meister und ich kamen Vormittags, etwa 10 Uhr, an. Mutter Schulz bemerkte ironisch „ na, jü häbt woll verschloopen? " Darauf der Meister: „ Na Günther nun laß uns mal rannhauen, ist ja bald Frühstückszeit". Mutter Schulzen stutzte, ging zur Küche und rief nach kurzer Zeit,
„ Na da kümt man erst betten frühstücken „
Ja so war Püttger Müller, nie um eine Ausrede verlegen.
Sein „Meisterstück" hat Er sich kurze Zeit spähter bei Bauer Täger in Strohte geleistet.
Wir hatten dort, in der guten Stube, einen schönen Kachelofen umgebaut. Die Beheizung dieses Ofens erfolgte von der großen

Bauerndiele aus und sollte mit einer zwei Meter breiten Kachelwand
verkleidet werden. Kacheln waren zu dieser Zeit noch knapp und der
Brand fiel auch nicht immer gut aus. In diesem Fall hatte der Chef
aber wohl zweite Wahl bei Töpfer Stelzer in Uelzen eingekauft. Die
Glasur sollte „blau - geflockt „ sein. Aber Herje, was waren das für
Farben ? Das ging von blau - über grün - bis braungeflockt! Habe
beim auslegen der Kacheln kapituliert und bin nach Hause gefahren.
Meister Müller tat ganz erstaunt und kam am nächsten Tag mit nach
Strohte. - So nun kommt es – Er nahm die Kacheln vom Stapel auf
und legte sie so wie sie kamen nebeneinander hin, also bunt
durcheinander. Mutter Täger und ich sahen erstaunt zu. Nun kam
seine Erklärung—Also Mutter Täger diese Kacheln sind speziell für
Euch gebrannt und wie Du siehst ist das „Kunstglasur". Nicht so
eintönig gleichmäßig wie eine Industriekachel. – Diese Kachelfläche
lebt ! Ihr habt ja auch nicht so aalglatte Schränke auf dem Flur.
Passend zu Euren rustikalen Schränken muß ja dann wohl auch die
Kachelfläche sein? --Verdutzt sahen wir uns an. – Als später die
Kachelwand aufgebaut war, mußte ich zugeben, daß sie gar nicht so
dämlich aussah. Es kam ja dann auch in Mode rustikale Kachelöfen
zu bauen. - Ein Wahlspruch von Püttger Müller war ja auch : " es
muß alles ein bis`chen beweglich sein" oder „vermitteln-
vermitteln".
Also Meister Müller wußte sich meistens zu helfen. So stellte Er zum
Beispiel beim Umbau des Kachelofens bei Senior Körte in Medingen,
der oft sehr neugierig war, zum Feierabend willkürlich
Schamottesteine in den Ofen. Bei intressierter Nachfrage dann von
Herrn Körte gabs dann die Auskunft: „Ja das werden alles Züge wo
dann später der Rauch durchzieht so daß der Ofen prima heizt".
Den größten Clou gab es dann wohl aber doch im Hotel „Stadt
Hamburg" von Dreusicke.
Der Küchenherd wollte zur warmen Mittagszeit nicht ziehen und es
qualmte fürchterlich.
Meister Müller wußte sofort Rat und schlug vor den Schornstein vom
Boden aus mit unserem Staubsauger „auszusaugen". Nun kommt
der Hammer. Wir gingen zusammen auf den Boden, ich mit dem
Staubsauger bepackt. Eine Steckdose, die einzige, gabs gleich vorne
an der Bodentür. Die Staubsaugerschnur und der Saugschlauch

langten zusammen aber nur bis ca. drei Meter vor den Schornstein.
Der Chef verschmitzt, so Günther schalt ein laß laufen und mach
inzwischen eine Zigarettenpause.
Er ging derweil nach unten zur Schornsteinklappe und trieb mit
einem Lockfeuer den Kaltluftpfropfen aus dem Schornstein. Danach
zog natürlich der Herd wieder und der Chef kassierte für 1 x
„Schornstein aussaugen".
Na ja ich konnte Ihm das gar nicht verübeln denn „Stadt Hamburg"
war seine Stammkneipe wo Er sicher schon manche größere Zeche
gemacht hatte.
Etwas Pech hatte Meister Müller aber bei einem neuen Kachelofen
bei Bauer Bautsch in Gr. Hesebeck. Er hatte dort, in meiner
Urlaubszeit, einen „Spezialofen" gebaut ; mit schöner grün -
geflockter Kachel und sieben Schichten hoch. Die Spezialität sollte
ein hoher Feuerraum sein der vom Rost bis zur Ofendecke ging und
von dort mit Sturz- und Steige - Zug zum Schornstein. Der
Feuerraum war so gut 130 cm hoch, was durchaus nicht üblich war.
Hinzu kam, daß Mutter Bautsch und die Hausmädchen wohl über
Sommer so allerhand Krimmskrams im Ofen ablagerten. Es waren da
die oft üblichen Sachen wie abgebrochene Kämme, Haarreste vom
kämmen, und jede Menge Abfallpapier. Lange Rede, kurzer Sinn der
Ofen wurde zum Herbst das erste mal angefeuert. Es kam durch
Kamm - und Haarreste zu einer starken Qualmbildung und als dann
die Zündflamme in diese Qualm -Wolke hinein sprang
gab es eine gewaltige Verpuffung. Der Obersims flog in die Stube,
die oberen Kachelschichten trieben auseinander. Meine Arbeit war
es dann diesen Ofen wieder auf zu setzen. Der Feuerraum bekam
wieder die normale, ca. 70 cm , Höhe. Na und was sagte Püttger
Müller , zum Teil mit Recht? „ Mutter Bautsch, wie könnt jü ok
Kämm un Hoor innen Oben doon?"
Ja, ja der Meister.- Eine kleine Unart hatte Er aber doch. So hat Er
sich nicht groß mit „Blähungen" aufgehalten. Sein Spruch war „ wer
keine Miete zahlt muß raus". Das spielte sich dann in etwa so ab: Er
steht zum Beispiel auf der Leiter und ich reiche Ihm Steine und Lehm
an. Mit einem mal hält Er inne, grinst unverschämt , steigt von der
Leiter und geht zum Fenster. Spähtestens dann wurde es auch für

mich Zeit das Weite zu suchen und eine längere Zigarettenpause einzulegen.

Zum Abschluß nun noch eine kleine Geschichte, ausgelöst von Altgeselle Max Wenzel.

Wir beide fuhren mit unseren Fahrrädern nach Feierabend von Römstedt nach Hause. Auf dem Rübenacker von „Pohlkoop" Meier , dicht an der Straße, sind noch Leute am Rüben verziehen. Max ruft zu Ihnen rüber:" na, habt Ihr noch viel zu tun?" Die antworten ganz treuherzig und zeigen auf das Feld :" Ja, ja noch das ganze Stück dort". -Darauf der Altgeselle: „ Na dann seht man zu daß Ihr fertig werdet!" – Darauf mußten wir gewaltig in die Pedalen treten um den Steinwürfen zu entgehen.

So nun möchte ich zum Ende kommen. Von Meister Müller gäbe es noch viel zu berichten, möchte es aber doch in guter Erinnerung für mich alleine behalten.

Mitunter hat die Kundschaft auf Ihn geschimpft und ich höre noch den Spruch: „ Na laß mir der „ Rudi „ mal kommen „! Wenn Er dann aber da war, genügte sein freundliches, spitzbübiges Grinsen und alles war geritzt. Er war halt ein freundlicher und gutmütiger Mann, was leider auch von manch Zeitgenossen ausgenutzt wurde. Mir hat Er als Meister und Mensch viel bedeutet, wofür ich Ihm Heute noch dankbar bin.

G. M.

Absender
Christel Annegret Stumpf
Schönningstedter Str. 77a
21465 Reinbek
Tel. 040-7227754
0172-43 45 981   *Reinbek, den 09.09.05*

An
Günther Müller
Uelzener Str. 13

29571 Rosche

Unser lieber Günther,

am vergangenen Montag war ich in Bevensen und hatte gehofft, dir und deiner liebe Frau evtl. dort zu begegnen; leider jedoch wurde mir von meinem Bruder gesagt, dass du es gesundheitlich nicht hast schaffen können, an dem 150-jährigen Jubiläum teilzunehmen. Wie schade! Telsche und ich hätten so gern mit dir geratscht... Es waren auch viele Menschen auf der Festveranstaltung, die du evtl. persönlich kennst, z.B. der Sohn von Schlachter Henke, der Sohn vom Leder/Gardinengeschäft Müller, Jürgen Eggers, Witwe Friedrich Bockelmann, die mir erzählte, dass von den Bockelmänner-Jungens nur noch Günter lebt.

Zunächst einmal ganz herzlichen Dank für deinen Erlebnisbericht mit dem persönlichen Grußwort für mich. Ich habe das Buch am Jubiläum erhalten. Ganz ehrlich, Günther, wenn sich jemand darüber freut, dass du das Umfeld meiner Kindertage noch einmal beleuchtest und revue-passieren lässt, dann bin ich es! Auch ich hatte etwas aufzuarbeiten – allerdings aus anderen Gründen als du. Dein Buch konnte ich bisher noch nicht vollständig lesen, stoße aber auf jeder überflogenen Seite auf etwas mir Bekanntes.

Hast du auch in dem Buch erwähnt, dass du so schön Mundharmonika spielen konntest, wehmütige Lieder aus Ostpreußen (z.B. „Hohe Tannen" etc.), die wir dann alle zusammen am Tisch in der Küche gesungen haben? Lieder, die ich heute noch gelegentlich auf meinem Klavier spiele. Hast du in deinem Buch auch erwähnt, dass du in gewissem Sinne mein Mentor warst – weil du ja eigentlich Lehrer werden wolltest? – hast mir so oft geholfen, Zeichnungen mit Perspektive anzufertigen, weil das keiner bei uns konnte. Ja, lieber Günther, du mit deiner herzensguten Mutter, die unsere Puppen immer so schön bestrickt hat, warst eine Bereicherung für unserer Familie. In einem studierten Beruf hättest du sicherlich noch einiges mehr für die Gesellschaft tun können....aber so ist das Leben. Man kann immer nur das machen, was zu bestimmten Zeiten unseres Lebens möglich ist und danach können wir den Konjunktiv nur noch in der Grammatik anwenden - sicher nicht mehr im Leben. Wir haben alle – du eingeschlossen – versucht aus unserem Leben das zu machen, was möglich war mit dem großen Rucksack, den wir alle mit durch unser Leben tragen und gelegentlich auch Gott sei Dank ablegen konnten. Warst du noch bei uns als wir die Schäferhündin Fee mit den vielen Jungen aufgezogen haben. Erinnerst du noch den Schlittschuh-Teich am Gummiweg und den unglücklichen Umstand, dass ich mit meinem Schlitten in die Ilmenau gerast bin? Irgendwann hörte unsere „heile Kindheit" nach deinem Weggehen aber dann auch auf. Die schönen warmen Sommerabende waren irgendwie anders geprägt. Ich habe so manches verdrängt. Kannst du dich noch an meine Freundin Iskar Sprave (jetzt Karlsdorf) erinnern? Sie ist die einzige Freundin, die mir noch in Bevensen geblieben ist, weil ich ja dann mit 10 Jahren auf die Wilhelm-Raabe-Schule in Lüneburg gekommen bin.

Im Laufe meine Jugend habe ich später extremes Fernweh entwickelt, dass auch durch das Trampen durch viele Kontinente im Alter von: ab 14 Jahren (in den Sommer-, Herbst- und Osterferien) nicht gestillt werden konnte. Später bin ich dann 3 Jahre zur Dolmetscher-Schule gegangen, war 8 Jahre an der Kanadischen Botschaft in Bad-Godesberg tätig und habe dann nach Heirat mit einen Franken meine Tätigkeit im kanadischen diplomatischen Dienst aufgegeben. Danach kamen Emily und Belinda zur Welt. Mein Mann starb dann ca. 2 Jahre nach Oma Müllers Beerdigung. Meine beiden süßen Mädels studieren seit 6 und 3 Semestern in Wien und ich arbeite seit Friedrichs Tod in der Politik. Habe ein interessantes Leben - trotz fortgeschrittenen Alters!

Warum ich dir das alles mitteile? Damit du weißt, dass wir unter uns immer noch von „unserem Günther" sprechen – und dass du im Herzen der Kinder - die damals so eng familiär mit dir verbunden waren - einen ganz ganz festen Platz behalten hast.

Gute Gesundheit und
viele herzliche Grüße an deine Frau und deine Kinder
von

Christel heute

Erlebnisse mit dem Motorrad D K W - 200

Inzwischen wurde die Firma etwas mobiler.
In einer Ecke des Schuppens stand eine DKW - 200 die sich der Chef
vor seiner Einberufung zum Militär noch angeschafft hatte.
Nun galt es diese Vorkriegsmaschine auf Vordermann zu bringen,
was Meister Paul Tonn von der Firma Ellenberg besorgte.
Sehr viele Motorräder gab es zu dieser Zeit noch nicht.
Die Straßen hatten überwiegend Kopfsteinpflaster mit seitlichen
Sandwegen was nicht gerade ein bequemes fahren zuließ.
Eine unserer ersten Motorradfahrten ging nach Gollern, den
Sandweg neben dem Gehöft von „Reiter -Meyer" hoch.
Mit vollem Rucksack mit Arbeitsgeschirr saß ich auf dem Rücksitz.
Im Sand kam die Maschine ins stocken, ein dreher links, ein dreher
rechts und mit Schwunk schoß sie den Berg hoch. Natürlich ohne
mich denn ich saß mit dem Rucksack im Sand. Mit diesem
überraschenden Manöver hatte ich nicht gerechnet.
Der Chef bemerkte erst ziemlich späht daß Er Solo fuhr und hat dann
weit oben auf mich gewartet.
Unsere Materialtransporte sahen damals folgendermaßen aus. Wir
hatten einen sehr schönen Anhänger mit Autogummireifen.
Darauf wurde dann zum Beispiel ein Waschkessel verladen. Eine
Kupplung am Motorrad gab es nicht, die mußte dann ich ersetzen.
Auf dem Sozius sitzend wurde dann der beladene Anhänger von mir
gehalten. Weiß noch wie der „Stadt Cheriff" Beck uns erstaunt nach
sah und mit erhobenem Finger drohte.
Kriminell wurde es dann bei „Personentransporten". Max Grube,
unser Hausmieter, hat oft bei uns ausgeholfen. So haben wir beide
einen schönen transportablen Kachelofen mit der Gummikarre nach
Höver gebracht. Der Chef kam mit dem Motorrad nach und hat uns
dann wieder nach Hause mit genommen. Max saß in der Gummikarre
die ich, auf dem Sozius sitzend, festhielt.
Sehr schnell sind wir zwar nicht gefahren aber in der Bergstraße,
neben Gastwirtschaft Deumann, war dann Schluß. Oben in der Kurve
mußte der Meister plötzlich stoppen. Die Karre mit Max schob mich
auf den Fahrer so daß ich loslassen mußte. Na ja, Max Grube sprang
geistesgegenwärtig ab und die Fahrt war beendet.

Polizist Beck, der auch beim Chef wohnte, hat Ihm danach wohl sehr ins Gewissen geredet. Solch „Transporte" wurden danach jedenfalls nicht **mehr unternommen.**

Die alte D K W lief zu dieser Zeit auch nicht mehr ganz rund. Kann mich da auch an eine unserer letzten Pannen erinnern. Wir haben damals auf Gut Haarsdorf, zwischen Natendorf und Ebstorf, gearbeitet. Es wurde sehr späht und so sollte es Nachts mit dem Motorrad nach Bevensen zurück gehen. Das gute Stück wollte wieder einmal nicht anspringen. Nach dem Motto, wer liebt der schiebt, zuckelten wir dann los. Es war sehr dunkel und inzwischen fing es mächtig an zu regnen und zu hageln. Ich durfte natürlich überwiegend die Maschine schieben was bei dem inzwischen matschigen Boden keine Freude brachte.

Die einzige Erholung gab es am Berg zwischen Gut Golste und Seedorf den wir auf dem Motorrad sitzend im Leerlauf runter rollten. Waren dann aber doch froh als wir, wenn auch Müde und durchnäßt, zu Hause waren.

Dies war eine der letzten Fahrten mit der ehrwürdigen alten D K W 200. Einige gute Dienste hatte sie uns ja doch geleistet. Zumindest hat sie es, nach dem Motto „**läuft sie - oder läuft sie nicht**", öfter spannend gemacht.

Eines Tages ergab sich die „Möglichkeit" bei einem Preisschießen in der Gastwirtschaft „Wiedemann" ein Motorrad zu gewinnen.

Es wurde dort als 1. Preis eine 125-ziger „Adler" ausgelobt.

Der zweite Preis war ein schönes „Saba" Radio und dann noch acht weitere Preise.

Das Motorrad war in der Kirchstraße beim Fahradgeschäft „Krug" ausgestellt, ein schönes Stück.

Viele „Schützen" haben sich da versucht und im hinteren Raum der Wirtschaft „Wiedemann" um die Wette geschossen. Ich lag garnicht so schlecht im Rennen und belegte lange den zweiten Platz mit 2 x 59 von 60 Ringen. Eine Woche vor Ablauf gab es aber, oh Wunder, mit einem mal schon 5 Schützen mit 60 Ringen. Darüber hinaus wurde das Motorrad als erster Preis gestrichen. Dies wurde damit begründet, daß zu wenig Geld eingeschossen sei. Einen entsprechenden Passus gab es tatsächlich und stand auf einem Zettel der in einer dunklen Ecke aufgehängt war.

Lange Rede, kurzer Sinn, es kam noch zu einem Stechschießen.
Erster Preis war nun der „Saba" Empfänger. Weiter gab es dann nur
noch Oberhemden und Arbeitshosen. Habe den siebenten Platz
„erschossen" und dafür ein „schettergelbes" Oberhemd erhalten.
Das war dann schon ein teures Stück denn ich hatte bis dahin gut
80 RM verschossen. Also eine Pleite durch und durch. Na ja, durch
Schaden wird man klug.
Es wäre ja auch zu schön gewesen die alte D K W - 200 durch die
„meiner" 125-ziger „Adler" zu ersetzen. Das war ja dann wohl voll
in die Hose gegangen.
Angeschafft wurde für`s Geschäft danach bald ein „Tempo"-
Dreirad - Auto was für die Firma Müller wieder ein weiterer
Fortschritt war.
Leider hatten wir dafür keine Garage, so daß der schöne Wagen
immer draußen stehen blieb. Bald mußte dann auch dieser „Tempo"
Morgens angeschoben werden .Immer eine Quälerei, woran ich
nicht so gern zurück denke.
Entlastung gab es da auch, als der Geselle Max Wenzel aus
Medingen eingestellt wurde. Vom Ihm konnte ich aber auch beruflich
so Einiges lernen, was mir besonders im Bezug auf die bald
anstehende Gesellenprüfung zu Gute kam.
Vorher ging`s aber noch zur Landesberufsfachschule für Ofensetzer
nach Lehmkenhafen auf der Insel Fehmarn. Eine schöne Zeit von der
ich auch noch einiges berichten möchte.   G.M.

Letzte Mahnung

Dreimal kam die Bertie auße Schul, dreimal ließ die Lehrerin sagen,
sie soll sich mal waschen mit Wasser und Seif.....
da platzt der Mutsche der Kragen und se hockt sich hin und se
nahm dem Blei und schrieb voll Zorn und voll Rache ....
--geehrtes Fräulein ich schreibe Sie in eigene betreffende Sache,
daß die Bertie stinkt .... naa da lacht ja die Katz und die Kuh,
die Rotbunte kiechert... nuh rei'ßt mir der Zwirn denn Sie hat
bestimmt der Knurhahn geschichert ...
Ihnen ist wohl der Druckknopf im Kopf geplatzt und nuh plagt
bei Sie der Zylinder, was stecken Sie Ihre vornehme Nas
in andere Leut ihre Kinder ???
Sie denken am End bei Ihr hohes Gehalt ich werd vor Sie
mir verkriechen?
Belernen solln Sie meine Marjel, belernen und nich beriechen !!
Wenn Sie weiter sie noch mal beriechen tun, daß wurmt mir
im Herz wie ein Stachel, da sag ich Sie höflich , da hat es
gebummst, Sie feinstreichige Preußische Rachachel !!
Da schick ich Sie meinen Mann aufen Hals, im guten nich
mehr, nei im bösen, dann sind se bestimmt, das sag ich Sie,
am längsten Fräulein gewesen.

Verfasser unbekannt, aufgeschrieben von G. Müller.

Zwei Gedichte etwas anderer Art.

Vorher - Nachher

Die Kacheln in der Stube liegen,
die Farbe gelb – nur eine blau.
Der Ofen wird nun aufgestellt,
die blaue Kachel aber fehlt.
Was war passiert?
Das ist doch klar!
Diese Kachel ging kaputt!
Landete unwiederruflich so im Schutt!
Nun zum Glück jetzt reimt`s sich wieder,
aber eins ist Sonnenklar.
- Nachher ist`s nie wie`s vorher war! -

- G e n e -

Gene wandern
von Gene - Ration zu Generation.
Die Alten ja die hab`n sie schon.
Die Jungen sie von Ihnen erhalten.
Sie haben keine große Wahl,
bekomm`n sie einfach eingepflanzt.
Manche hab`n Glück,
und sind zufrieden.

Viele bekomm`n kene schene G e n e !

G. Müller, 29571 R o s c h e

Enkeltochter „ Lara „

Lara, jetzt 4 ½ Jahre alt, ist oft gern gesehener Besuch bei Oma und Opa in Rosche.
Nach dem Kindergarten wird Sie dann von Ihrer Mutter Heidi, unserer Tochter, vorgebracht. - Sofort kommt Leben in die Bude. -
Kaum angekommen ruft Sie zu mir in die Stube „ Opa, komm in die Küche malen!" Wenn ich nicht gleich anspringe höre ich etwas lauter „ Opa, komm endlich, sonst kriegst Du ein Problem!"
Dann beim malen ärgere ich Sie oft ganz gerne und stoße heimlich Ihren Arm an. Zuerst heißt es dann „ Opa laß das !" Dann kommt die Drohung „ Opa, wenn Du mich immer ärgerst, lade ich Dich nicht zu meinem Geburtstag ein, nur die Oma!" Darauf ich enttäuscht, „ na gut, dann lade ich Dich auch nicht zu meinem Geburtstag ein".
Lara ganz kurz, „ macht nichts, ich komm aber trotzdem!"
Lange kann Sie aber nie böse sein. Besonders wenn ich dann so tu als ob ich traurig wäre. Sie rückt dann langsam an mich rann und ich kann hören „ Opi, das war doch bloß Spaß, das hab ich doch nicht wirklich so gemeint, ich hab Dich doch lieb!"
Was soll man da wohl sagen, nur zufrieden und glücklich sein. Übrigens, wenn Lara „Opi" sagt, kommt meistens etwas Gutes. Wenn Sie aber „Opa" ruft, wird`s energisch.
Ja, Lara ist ein liebes, aber auch recht selbstbewußtes kleines Mädel.
Bin mir sicher, daß Sie sich auch später nicht die Butter vom Brot nehmen lassen wird.
So wird Sie auch von Ihren Eltern umsorgt und erzogen.
Lara bringt uns, Oma und Opa , viel Freude und wir freuen uns immer riesig wenn Sie uns besuchen kommt.

G.M.

Gedichte zu Geburtstagen

In der Folge habe ich einmal einige Gedichte kopiert, die ich für liebe Verwandte geschrieben habe.

Weitere Gedichte, besonders aus der alten Heimat Ost - und Westpreußen finden Sie in dem Büchlein - Historik - Phoesie - Lyrik - .
Kleine Gedichte zu Geburtstagen hat man eigentlich von mir schon erwartet. Brauchte hierzu etwas Ruhe und eine positive Stimmung, dann fielen mir die Texte verhältnismäßig schnell ein.

Diese Schreibader habe ich wohl von meinem Vater geerbt. Er hatte zum Beispiel auch einen sehr guten langen Bericht über seinen Schäferberuf geschrieben. Hatte damit in ganz Deutschland den 2. Preis in seiner Fachschrift „ Schäferzeitung" erreicht. Der Titel war „ Wie brachte ich meine Schafherde über den starken Winter 1941 / 42" ?

Vielleicht stapft ja einer unserer Söhne auch in seine Fußstapfen? Bei unserem ältesten Harald fallen mir besonders einige positive Eigenschaften zu Vater auf die da sind ,seine ruhige besinnliche Art, das gute Fachwissen und die exakte saubere Arbeit.

Vielleicht stellt sich ja dann im Rentenalter auch die Lust zum schreiben ein.

Unsere Tochter Heidi dichtet und schreibt gekonnt. Von Ihr kommen immer Gedichte und Lyrische Vorträge zu anfallenden Festlichkeiten.
Sie schreibt und dichtet mit mir um die Wette, ist sehr selbstbewußt und meine einzige Kritikerin.

Von Helga, Holger und Hartmut habe ich in dieser Richtung nichts zu befürchten obwohl ich Ihnen, und da besonders Holger, eine dichterische Ader zutraue. Na abwarten .

G. Müller

Zum 85.-zigsten Geburtstag von Tante Margarete.

Ich glaub`s nicht, ist es wirklich wahr ?
Du wirst schon 85 Jahr und bist doch jung geblieben.

Hast sicher vieles durchgemacht ohne groß zu klagen,
meistens alles gut gemacht , in guten und auch schlecht`ren Tagen.

Ließest Dich nicht unterkriegen, auf Regen folgte Sonnenschein,
trübe Gedanken dann verfliegen und Herzenswärme kehrte ein.

Nun möchte ich, Du mögst`s verzeihn, die Gedanken auch auf
früher lenken und dazu dieses fällt mit ein:

Mein Vater Fritz sagt schon vor langem,
Albert hat sich ein Goldstück eingefangen.

So begann, das fand ich toll, ein Familienleben liebevoll.
Ihr Beide ward, was auch geschah, ab da stets für einander da.

Sie nannte Er sein „Räuberchen" was in gewissem Sinn auch
stimmt, hat Sie Ihn sich wohl eingefangen? Ein Räuber sich`s doch
einfach nimmt.

Ach nein so kann es wohl nicht stimmen,
so wird`s nicht ganz gewesen sein,
die Männer sind doch meist die schlimmen,
sie fangen sich die Mädel ein.

Bei Euch ich ziemlich sicher bin,
halb zog Er Sie , halb sank Sie hin.

Doch eines das ist sicher klar, Ihr ward ein schönes Musterpaar.
Konntet bestimmt als Vorbild gelten, sowas wie Euch das gab es
selten.

*Habt geliebt, geweint, gelacht, in Eurem Leben viel erreicht, was
Ihr geschaffen gut gemacht. Doch etwas Wehmut sich einschleicht:*

*Du bist zu früh allein geblieben, wie schön hät es doch können
sein, doch fandest Trost bei Deinen Lieben, so wirst Du selten
einsam sein.*

*So wird es sicher weiter gehn, dazu Gesundheit und kein Leid,
immer schön zueinander stehn die nächste möglichst lange Zeit.*

*Ja Gesundheit und viel Glück, wir wünschen es Dir, ist's keine
Frage, an früher denke gern zurück, doch auch der Herbst hat
schöne Tage.*

*Bleib also gesund und stets recht munter, was kann es da viel
bes`res geben. So kriegt so leicht Dich keiner unter, wünschen viel
Glück für`s weitere Leben.*

---

*In diesem Sinne, liebe Tante Margarete , noch einmal alles
erdenklich Gute von den Müllers aus Rosche.*

Zum 80-zigsten Geburtstag von A d i n a .

Ich glaub`s nicht, ist es wirklich wahr?
Du wirst schon 80 Jahr und bist doch jung im Herzen.

Hast sicher Vieles durchgemacht ohne groß zu klagen;
meistens Alles gut gemacht , in guten und auch schlecht`ren Tagen.

Ließest Dich nicht unterkriegen, auf Regen folgte Sonnenschein;
trübe Gedanken dann verfliegen und Herzenswärme kehrte ein.

Du hast Dir auch und zwar vor langem mit Heinz ein Goldstück
eingefangen.
Meist sind die Männer ja die Schlimmen und fangen sich das
Mädel ein; bei Euch damals tat`s wohl nicht stimmen und ich da
ziemlich sicher bin : Halb zog Er Sie, halb sank Sie hin.

Eines aber das ist klar, Ihr ward ein wunderschönes Paar;
Konntet uns als Vorbild gelten, so was wie Euch das gab es selten.

Habt geliebt, geweint, gelacht, in Euerem Leben viel erreicht, was
Ihr geschaffen gut gemacht, doch etwas Wehmut sich einschleicht.

Du bist zu früh allein geblieben, wie schön hät es doch können
sein, doch fandest Trost bei Deinen Lieben, so wirst Du seltener
Einsam sein.

So mögs dann ruhig weiter gehn, dazu Gesundheit und kein Leid;
Kinder und Enkel zu Dir stehn die nächste möglichst lange Zeit.

Ja Gesundheit und viel Glück wir wünschen`s Dir, ist keine Frage,
an früher denkst Du gern zurück, doch auch der Herbst hat auch
noch schöne Tage.

Bleibe gesund, dabei recht munter, was kann es da viel besseres
geben. So kriegt so leicht Dich keiner unter, wir wünschen Glück
für`s weitere Leben.

Nun feiert schön und bleibt gesund, wir sind doch eigentlich gut bedient. So möge es bleiben jede Stund, vielleicht haben wir`s ja auch verdient.

.-.-.-.-.-.-.

So liebes Geburtstagskind, liebe treu sorgende Ehefrau, liebe Mutti, Omi und Uhromi und liebe Schwester und Schwägerin noch einmal alles erdenklich gute und Gesundheit für Dich und die Deinen. --- Dies wünschen Dir von Herzen die Müller`s aus Rosche und der ganze Anhang. Deine Geburtstagsgäste schließen sich sicher gerne diesen Wünschen an. ---

Möchte Dir zum Schluß noch einen kleinen Vers aufschreiben, der mir grade so einfällt :

„ Immer nur lächeln und immer vergnügt , immer zufrieden wie`s immer sich fügt; lächeln trotz Weh und manchen Schmerzen, denn wie`s darinnen aussieht geht keinem was an .“   G . M .

Zum 70.-zigsten Geburtstag von Günther Röber.

1.) Kaum zu glauben und doch wahr, Günther wird Heute
   70 Jahr, hat so einiges durchgemacht ohne groß zu
   klagen, meistens alles recht bedacht in guten und auch
   schlechtren Tagen.

2.) Ließ sich auch nicht unter kriegen, gewiß war`s auch
   nicht immer leicht, oft gings auf brechen und auf biegen
   am End hat Er doch viel erreicht.

3.) Doch jetzt mit 70 Jahren nun, geht`s doch in ruhigre
   Gewässer, Er hat nicht mehr so viel zu tun und nimmt
   sich vor, jetzt wird es besser.

4.) Doch will ich dies so recht nicht glauben, ein weiter Weg
   vom Wunsch zur Tat. Ihm fällt`s schon schwer sich Zeit
   zu rauben für einen ruhigen zünftig`n Skat.

5.) Da muß Er dann zum singen gehn, das nächste mal da
   wird geschossen, zum helfen an der Werkbank stehn
   so gibt`s Beschäft`gung unverdrossen.

6.) Gemütlich wird`s dann doch beim Skat, da wird dann
   vieles durchgenommen, was man im Dorf für Sorgen
   hat, woher manch Ärger mußte kommen.

7.) Oft denk ich, nur in Frauenrunden wird dies und jenes
   durchgekakelt, doch glaubt mir nur, ich kann`s
   bekunden, bei Männern wird auch rumgeschnakelt.

8.) Schließlich komm`n wir auch zum Spiel, gewaltig muß
   ich da aufpassen, hab mit unter das Gefühl,
   daß Sie mich gern verlieren lassen.

9.) Ja, ja die Eddelstorfer Alten, die tun schon starck
    zusammen halten. Ohne tricksen, dann und wann,
    kommt man nicht dagegen an.

10.) So macht`s mir ehrlich auch viel Spaß, Ihnen mal einen
    rein zuwürgen, doch auf die Dauer was bringt das bei
    Rudolf, Günther und Heinz - Jürgen.

11.) Sie fangen selbst zu tricksen an, die kennen sich schon
    lange, was fang ich da als Roscher an, da wird mir
    Angst und bange.

12.) Der Geldbeutel war vorher voll, danach dann hinterher,
    Sie grinsen nur und findens toll, wenn ich nach Haus
    fahr ist er leer.

13.) Trotzdem den Skatclub find ich prima, dies möcht ich
    offen mal gestehn, danke sagen für`s Freundschafts -
    klima, so mög`s noch lange weiter gehn.

14.) Doch jetzt zurück zum Ehrengast, im 70.-ziger Club
    bist Du nun drin, ohne Hetze, ohne Hast, gehn wir
    nun auf die 80 hin.

15.) So soll es sicher weiter gehn, dazu Gesundheit und kein
    Leid, immer schön zueinander stehn, die nächste
    möglichst lange Zeit.

16.) Habt geliebt, geweint gelacht, in Eurem Leben viel
    erreicht, was Ihr geschaffen gut gemacht, in Eurer
    langen Ehezeit.

17.) Jeder bekommt was Er verdient, gut bist Du lieber
Günther dran, mit Gate bist Du gut bedient, die
liebreich ist und alles kann.

18.)Ihr ließt Euch auch nicht unterkriegen, auf Regen
folgte Sonnenschein, trübe Gedanken dann verfliegen
und Herzenswärme kehrte ein.

19.)Ja Gesundheit und viel Glück, wir wünschen`s Dir,
ist`s keine Frage, an früher denke gern zurück, doch
auch der Herbst hat seine schönen Tage.

20.)Bleib also gesund und stets recht munter, was kann es
da viel bess`res geben, so kriegt so leicht Dich keiner
unter, wünschen viel Glück für`s weitere lange Leben.

In diesem Sinne lieber Günther, noch einmal alles erdenklich
Gute von den Müller's aus Rosche.

Rosche, den 25. 06. 2004 / G. M.

Laras Geburtstag

1.) Zu Laras fünftem Ehrentag
   kamen viele Kinder, auch wir Alten.
   Doch dies ist's was ich sagen mag,
   vergessen hab ne Red zu halten.

2.) Zu Lara ist doch viel zu sagen,
   brauch nicht sehr lange nachzudenken.
   Was Sie alleine stellt für Fragen,
   kann einem schon den Kopf verrenken.

3.) Was für Probleme hab'n Sie bloß
   wenn Lara spricht mit Muttern ?
   Sie sitzt zufrieden auf ihrem Schoß
   tut Quark und Pellkartoffeln futtern.

4.) Ja das ist Ihr Lieblingsessen
   da haut Sie dann so richtig rein.
   Tut sogar die Babypup vergessen,
   was kann denn da noch wichtiger sein?

5.) Danach dann ruft Sie „ Opa malen!"
   „komm doch in die Küche rein."
   Na ja ich tu Ihr den Gefallen,
   will doch kein Spielverderber sein.

6.) Was Sie dann hurtig bringt aufs Blatt
   man muß sich wundern, ich nur staun.
   Was Lara für Ideen hat,
   malt Häuser, Blumen auch nen Baum.

7.) Es fliegen Vögel in der Luft,
   Wolken ziehen am Himmel hin.
   Man riecht förmlich den Blumenduft,
   es mich erstaunt, verwundert bin.

8.) Das malt Sie auf, ganz elegant,
   mit schönen klaren Strichen.
   Alles geht zügig von der Hand,
   braucht keine Fehler auszuwischen.

9.) Ich mal Ihr auch was schönes auf,
   ein schönes Pferd und Mäusefresser.
   Sie aber sagt „ das kann ich auch"
   „das kann ich alles noch viel besser".

10.) Von Lara gibt's viel zu berichten,
   dies soll der Geburtstagsnachtrag sein.
   Hab mich bemüht Ihr was zu dichten,
   Sie doch so niedlich ist und klein.

11.) Doch nein, das hört Sie gar nicht gern
   Sie ist nicht klein, Sie ist doch groß!
   Sie noch zu ärgern liegt mir fern,
   Dies kleine Menschenkind ist wirklich groß. G. M.

Zu Heidi`s 41.-zigsten Geburtstag

1.) Ist es denn nun wirklich wahr? — Du wirst Heut 41 Jahr —
   bist also doch noch richtig jung.

2.) Hast Dir besorgt `nen lieben Kerle,
   wie`s sich gehört für eine Perle, jeder bekommt was Er verdient.

3.) Verdient habt Ihr die kleine Lara,
   habt Euch nach langem bangen,
   so`n richt`ges Goldstück eingefangen.

4.) Sie bringt so richtig Schwunk ins Leben,
   hat Liebe so zurück gegeben, zu jeder Stund und jeder Zeit.

5.) Es ist zwar Heut kein rundes Alter,
   so gäb`s zum feiern nicht so`n Grund.
   Trotzdem viel Glück zu jeder Stund!

6.) Bleib gesund und sei zufrieden, immer schön ausgeglichen sein,
   So gibt`s für Dich viel Sonnenschein.

7.) Nicht zaudern, vergiß trübe Gedanken,
   viel Hoffnung und viel Liebe tanken,
   so mag es für Dich weiter gehn.

8.) Doch eines möcht ich Dir noch sagen,
   bevor wir auseinander gehn.
   In guten und in schlechten Tagen,
   wir werden immer zu Dir stehn.
   So geben wir Dir Stück für Stück.
   Von Deiner Lieb zu uns zurück.

Also liebe Heidi in diesem Sinne noch einmal alles Liebe und Gute,
Dies wünschen Dir von Herzen Deine Mutti und Dein Papa . ———

Zu Helgas 50. Geburtstag

1.) 50 Jahr hast Du erreicht
    hattest`s zuletzt nicht immer leicht,
    sollst`s in Zukunft besser haben
    zufrieden wie in Jugendtagen.

2.) In Lehmke habt Ihr ja Ihr Lieben
    schon manchmal es recht bunt getrieben.
    So nach und nach haben wir`s erfahren,
    Euren Schabernack in jungen Jahren.

3.) Doch eigentlich ist es mir klar
    seit doch genau wie ich es war.
    Auch Mutter wohl in früher Zeit
    war auch zu manchem Spaß bereit.

4.) So können wir es auch verstehen
    und denken gern mit Dir zurück.
    die Jugend tat zu schnell vergehen
    und brachte doch ein wenig Glück.

5.) Davon tut man im Alter zehren
    möchten der Kinder Glück vermehren.
    Wünscht Ihnen das Beste hier hernieden
    dann ist man sicher selbst zufrieden.

6.) Wenn Kinder dann zufrieden sind
    die Müh von Dir auch recht erkennen
    bist Du zufrieden und ich find
    Du kannst Dich doch recht glücklich nennen.

7.) Hast viel geschafft in Deinem Leben
    versucht so manchen Weg zu gehen.
    Magst gute Tage nur erleben
    und daß die Kinder zu Dir stehn.

8.) Dies wünschen wir Dir nun von Herzen
    auch Gesundheit und viel Glück.
    Vergehen mögen schnell manch Schmerzen
    klar der Weg und klar der Blick.

Liebe Helga, dies wünschen Dir von ganzen Herzen
Deine Mutti und Dein Vater.   - Glück auf ! -

Zu Helgas Ehrentag

1.) Helga ist tüchtig und bescheiden
drum mögen wir sie alle leiden.
Hab`n Heute uns hier eingefunden,
woll`n Ihr den Respekt bekunden.

2.) Sie meisterte viel Schicksalsschläge
und ist für Ihre Kinder da.
Räumt für Sie Steine aus dem Wege
und ist Ihnen im Herzen nah.

3.) Weil Heute liebe Helga Du
Dich feiern läßt zum Ehrentag,
ruf`n wir zum 50. Dir zu
wir lieben Dich gar keine frag.

4.) Entspann Heut mal,
laß Dich bedienen .
hast auch keine andre Wahl,
vorerst wird Heute hier geblieben.

5.) Wir gratulieren zu 50 Jahr,
wo ist da bloß die Zeit geblieben?
Es wohl nicht immer einfach war,
manch Sorgen in den Schlaf Dich trieben.

6.) Du liebe Helga hast`s gemeistert
Gute und auch schlechte Zeiten.
Mit einer Tatkraft die begeistert
laß hilfreich Dich von uns begleiten.

7.) Doch eins das steht wohl außer Frage
Du wirst die Zukunft auch bestehen.
Es kommen auch sicher bessere Tage
wenn nur die Kinder zu Dir stehen.

8.) So liebe Tochter, sieh voran,
laß Dich so leicht nicht unterkriegen.
Denk auch an uns so dann und wann,
Du weißt ja, daß Dich Alle lieben.

Alles, alles Gute und viel Gesundheit, dies wünschen Dir Deine Eltern
und Geschwister und alle Enkelkinder - G l ü c k a u f -

Zum 14. Geburtstag von Jonas

1.) Ist das wirklich war ?
Jonas wird schon 14 Jahr.
Wie schnell verging da doch die Zeit,
sehr schön war doch die Jugendzeit.

2.) Wie glücklich doch die Eltern waren,
als Sie vor 14 Jahr erfahren,
daß da so`n lieber kleiner Jung
ins Leben sprang mit großem Schwung.

3.) Wie schnell ist doch der Bursch gewachsen,
auch Maria stellte sich bald ein.
Mit Ihr gab es Spaß und viele Faxen,
wie es bei Geschwistern sollte sein.

4.) Ich hab schon lange das Gefühl,
die Beiden können sich gut leiden.
Es gibt auch Ärger und Gewühl,
doch treu zueinander stehen die Beiden.

5.) Jetzt aber lieber Jonas Du,
gehts etwas ernster zu im Leben.
Kleine Aufgaben kommen auf Dich zu,
fleißig versuch voran zu streben.

6.) Setze Dir schon mal ein Ziel,
was Du gerne möchtest erreichen.
Nicht zu happig, nicht zu viel,
unnötige Dinge versuch zu streichen.

7.) Na ja, wie sieht es aus mit kleinen Mädchen?
Bald kommt die Zeit der jungen Liebe.
Sieh Dich richtig um im Städtchen,
nicht daß es nur bei Einer bliebe.

8.) Nun habe ich genug geschrieben,
Du wirst schon wissen was Du tust,
Beschützen tun Dich immer Deine Lieben,
daß Du nie einsam bleiben mußt.

Bleibe schön gesund und viel, viel Glück fürs weitere Leben.
Dies wünschen Dir lieber Jonas von Herzen Oma und Opa aus Rosche.

Zu Oles Konfirmation

Ein erstes Ziel ist nun erreicht,
die Zeit der Kindheit geht zu Ende.
Sie war doch schön, nicht immer leicht,
langsam und stetig kommt die Wende.

Stets gesund fröhlich und frei
mag sein die weitere Jugendzeit.
Wir wünschen Dir daß es so sei,
daß Du auch hierfür bist bereit.

Die schöne Zeit der jungen Liebe
wird sich nun auch bald stellen ein,
wir hoffen daß sie recht lang bliebe,
so magst Du recht oft glücklich sein.

Wie es auch immer um Dich steht
von Herzen wünschen wir viel Glück
und wenn`s auch mal vorüber geht,
bestimmt kommt es dann bald zurück.

Bleib nur gesund und stets recht munter,
was kann es da viel bess`res geben?
So kriegt so leicht Dich keiner unter,
wünschen viel Glück für`s weit`re Leben!

Dies wünschen Dir ... Oma Ida und Opa Günther Müller
Rosche im Mai 2008

- Goldene Hochzeit von Evi und Paul Janzen -

1.) Ach herje was mach ich bloß , wie konnt ich das denn nur vergessen,
Der Ärger der wird riesengroß, wie ich noch nie ihn hab besessen.

2.) Da war doch dieser Hochzeitstag, der für bestandne 50 Jahr.
Normal man ihn vergessen mag, doch diesen nicht das ist doch klar.

3.) Doch wer ist sicher Schuld daran, da ist doch irgend etwas faul.
Das man sowas vergessen kann, schuld daran das ist der Paul.

4.) Der sagt in seinem Hochzeitsrat, zieht zur Besinnung in die Kammer,
und ich, der so etwas auch tat, vergaß sei'n Ehrentag, oh Jammer.

5.) Was soll ich jetzt noch viel erzählen, Reue schon, doch reichlich spät.
Vorwürfe von Ida tun mich quälen, Heidi zu diesen Versen rät.

6.) Na ja, das will ich gerne machen, will meine „Qual" etwas entlasten,
sonst macht Ida schlimme Sachen, läßt hungern mich und fasten.

7.) So Ihr 51 - ziger Jubelpaar, nun hab ich mich genug entschuldigt,
für das was früher einmal war, nun ist's genug, ich wars Euch schuldig.

8.) Woll'n lieber in die Zukunft sehen, Gesundheit wünschen und viel Freud,
In Freundschaft zu einander stehen, das sagen wir beide jetzt und Heut.

9.) Denken an früher gern zurück, an Wargels und die Schäferei,
zufrieden lebten wir im Glück, waren sorgenlos und frei.

10.) Haben zwei „Goldstücke" eingefangen, haben wir Sie auch verdient?
Was woll'n wir da noch viel verlangen ? Glücklich sein daß es Sie gibt.

11.) Laßt ruhig uns von früher träumen, von unserer schönen Jugendzeit.
Doch sollten wir es nicht versäumen, bewußt zu leben und gescheid.

12.) Verständnisvoll zum Partner sein, recht liebevoll ein kleines Stück.
Zufriedenheit stellt sich dann ein, vertrauensvolles echtes Glück.

13.) Geht Beide nun den Weg voran, nur noch füreinander strebt.
Einer zum Andren sagen kann „ Wir haben nicht umsonst gelebt."

Gesundheit, Glück , Zufriedenheit - Dies wünschen Euch von Herzen
Ida und Günther aus Rosche. Unsere Kinder schließen sich den
Wünschen an.

G. M.

Holger

Holger, den vergeß ich nicht
Er bekommt erst Morgen sein Gedicht.
Will Ihm keine Verse schulden,
doch muß Er sich noch Heut gedulden.

Maren und Skrollan.

Maren und Skrollan haben noch nicht
von Ihrem Opa ein Gedicht.
Doch bitte seit mir da nicht bös,
wenn ich die Aufgab später lös.

Schlußbetrachtung.

Von Oma wünsch ich mir zum Schluß,
nach jedem Romy Spiel nen Kuß.
Verlieren tun ich meißt sowieso
Für diesen Trost wär ich dann froh.

Wünsch mir , möchts auch mal sagen.
weniger Deiner kleinen Klagen.
Stehen Dir nicht so zu Gesicht,
Ein Jeder vergesse den Balken im eignen Auge nicht.

Bin schon zufrieden wie es ist,
Besonders an solch schönen Tag.
Damit auch Ihr es alle wißt,
ich liebe Euch weil ich Euch mag.

G. M.

Zu Holgers 43. Geburtstag.

1.) Holger wird und das ist wahr
   Heute schon 43. Jahr.
   Die Zeit die ist doch schnell vergangen,
   Er wußte damit viel anzufangen.

2.) Hat schon gekauft ein schönes Haus
   im kleinen Dorf in Göddenstedt,
   was zeigt uns das, was sagt es aus?
   Er mag`s Gemütlich , mag es nett.

3,) Bestand den Meister so mit links,
   und hat sich selbständig gemacht.
   Es klappt recht gut und aufwärts ging`s,
   aufwärts ganz sicher und ganz sacht.

4.) Doch eines weiß ich schon genau
   das muß ich hier doch einmal sagen,
   was weiter hilft ist eine Frau,
   die zu Dir steht in allen Lagen.

5.) Ne schöne Tochter hast Du ja,
   erfreut tut Dich Anna - Sophie.
   Ist freundlich und für uns auch da,
   wir haben Sie gern und mögen Sie.

6.) Wünschen Dir und das ist klar,
   Gesundheit für das weitere Leben.
   Einen Lottogewinn vielleicht sogar
   und im Beruf ein weiter streben.

7.) Das Dich so leicht nichts mehr erschüttert
   wünschen wir Dir von Herzen auch.
   Deine Naß stets gute Aufträge wittert
   viel Erfolg wünschen wir Dir auch.

8.) So lieber Holger laß Dir sagen,
   glücklich sind wir daß es Dich gibt.
   Bleibe gesund in all den Jahren,
   die es viel in Deiner Zukunft gibt.

Dies wünschen Dir von Herzen Deine Eltern und Geschwister und Enkel
schließen sich wohl gerne an..... - Glück auf ! -

Uwe S c h u l z

1.) Möcht nun zu unserem Uwe kommen,
 ein toller Bursch das ist Er schon.
 Hat sich einfach H e i d i genommen.
 Entpuppt sich als guter Schwiegersohn.

2.) Zuerst bei Uwe, ich konnte nicht anders,
 dacht ans Gedicht von Nils Randers.
 Da bewährt sich ein U w e in stürmischen Wellen,
 auch bei Ihm im Beruf gab´s stürmische Stellen.

3.) Er tut dies meistern in ruhiger Art,
 geht immer wieder mit Mut an den Start.
 Dies ist es was ich an Uwe so acht,
 Hat Hand und Fuß was immer Er macht.

4.) Will auch später in einigen Geschichten
 so Einiges von unserm Uwe berichten.
 Nur Gutes wird da in Erinnerung bleiben,
 Böses gibt es mitnichten.

5.) Uwe wird stets zufrieden sein,
 geht`s Heidi und Klein - Lara gut.
 Steigt recht dann in die Vollen ein.
 Zufriedenheit bringt`s Ihm und Mut.

Was blieb zu Schulzens noch zu sagen?
Gesundheit wünsch ich und viel Glück.
Mögen in allen wichtigen Fragen,
Voran dann kommen Stück für Stück.

G.M.

Zum Grillfest bei Müllers in Uelzen.

1.) Da wir so schön beisammen sind
bei Müllers hier im Garten,
möcht ich`s erzählen ganz geschwind
und einige Verse starten.

2.) Für Angela, Harald , Jonas und Marie
hab ich bisher noch nicht geschrieben.
Jetzt wird es Zeit, sonst schaff ich`s nie
es geht nicht an, daß Sie hier übrig blieben.

3.) Angela unsere Schwiegertochter
Harald von Anfang an die mochte Er.
Sie ist so ganz und gar sein Typ,
Drum hat Er Sie noch Heut sehr lieb.

4.) Sie feste an sich glauben,
noch schmusen wie die Turteltauben.
Bei Beiden paßt es sehr genau
ein guter Mann, ne schöne Frau.

5.) Die Beide haben es geschafft
und das Geschäft nach vorn gebracht.
Wenn Jonas später steigt mal ein,
wird alles gut vorbereitet sein.

6.) Zwei schöne Kinder haben Sie schon.
Marie da ist, ein liebes Kind.
Jonas der ruhige, große Sohn,
beide recht gern beisammen sind.

7.) Marie die große Turnerin
hat`s wohl geerbt von Oma Ida.
Beide der große Hautgewinn
Für Harald und Angela.

8.) Ihr Müllers hier Ihr lieben Vier,
genug soll`s sein für Heute.
Wir fühl`n uns ganz zufrieden hier
Nun futtert ab die hungrige Meute!!

Wir bedanken uns bei Euch für die schöne Einladung zu diesem
Zusammensein. - Wir sind doch eine gute Verwandtschaft -

Hartmut und Biaca.

1.) Bei Hartmut hats Zeit das ist doch klar,
Sein Geburtstag ist am End vom Jahr.
Wie gesagt da hat`s noch Zeit,
stell später dann die Vers bereit.

2.) Hartmut und Bianca, das ist klar
sind auch ein schönes junges Paar.
Zum schmusen sind Sie stets bereit
nutzen jede Gelegenheit.

3.) Laßt Ihr Beid Euch überraschen,
bis End Dezember wartet hin .
Steht nicht da mit leeren Taschen,
Paar Verse sind für Euch auch drin.

Dies soll ein kleiner Trost für Euch Beide sein. Auch Ihr werdet
von mir nicht vergessen.　　　G. M-

„ Die haben Sorgen „

Zwei Gnubbels, fimf, sechs Jahre alt,
Die tun sich unterhalten.
Vom Kinderkriegen reden se,
Se reden wie de Alten.
Der eine hält von Kinder nuscht,
Drum will er keine haben,
Der andre ja, so Sticker acht,
Und meeglichst alles Knaben.
„Nei", sagt der erste, „Kinder? Nei"
Von die will ich nuscht wissen,
Die Kräten kosten soviel Geld,
Weil se viel essen missen<
Se machen sich de Bixen naß,
Zerreißen sich de Plossen
Und ärgern einem immerzu,
Was soll ich mit die Gnossen?<
„Ja", meint der zweite, Ärger gibt
Es immer mit den Kindern,
Bloß, wenn du keine haben willst,
Wie willst du das verhindern?<
Der erste: „ Ich bin doch der Mann,
Da werd ich nich viel fragen,
Das werd ich einfach meine Frau
Gleich bei de Hochzeit sagen".
Der zweite schlackert mittem Kopp:
„ Na meinst, das wird geniegen?
Vleicht horcht se nich, vleicht will se grad
E Haufen Kinder kriegen.<
Er ieberlegt, was werden soll,
Wenn der ihr das verbietet.
Mit eins da sagt er : „ Ei was machst,
Wenn se denn heimlich brietet? "

Aus dem ostpreußischen Gedichtsband „Ei kick dem „
von Dr. Lau, Gräfe- und Unser- Verlag.

Gedichte voller Humor

Günther Müller aus Rosche liebt das Schreiben

Günther Müller aus Rosche hat Post aus Kaliningrad, dem ehemaligern Königsberg, bekommen.
Nein, keine Post von irgendwem, sondern von Prorektorin für internationale Angelegenheiten der Russischen Staatlichen Emanuel Kant Universität.
Klingt wichtig und ist auch wichtig. Im Brief schreibt die Professorin , daß Günther Müller zur Völkerverständigung beitrage.
Der Hintergrund ist schnell erzählt. Der Roscher hat nämlich seinen aktuellen Gedichtsband mit dem Titel „ Historik - Poesie - Lyrik „ an die Universität geschickt, wo dieser in den Bücherbestand aufgenommen wurde.
Der Band enthält rund 20 Gedichte, die überwiegend Erzählungen aus Ost- und Westpreußen in Gedichtsform wiedergeben.
Günther Müller wagt in seinen Gedichten einen Blick zurück, erzählt zumeist in humorvoller Weise von den alltäglichen Dingen des Lebens.
Von der Liebe zum Beispiel. Überhaupt spielt seine Familie eine große Rolle, so wie etwa Enkeltochter Lara.
Aber auch von „Feldmann dem Hütehund" von „Stürmischen Herbstzeiten" und vom „Jahreswechsel 1941" weiß Günther Müller in seinem Buch, das 44 Seiten umfasst , zu berichten.

- **Historik - Poesie - Lyrik -**   von Günther Müller
Verlag „Books on Demand GmbH „ Gutenbergstraße 53
D- 22848 N o r d e r s t e d t / ISBN -978-3-8334-7295-4

- Rede zu meinem 80. Geburtstag -

Ihr Lieben, möchte Euch Alle hier recht herzlich willkommen heißen.

Seit mir bitte nicht böse wenn ich hier nun doch eine etwas längere Geschichte erzähle. Bin schließlich Heute 80 Jahre alt geworden , da darf man dann auch etwas langatmiger sein.

Zunächst möcht ich mich bei Euch auch für sehr, sehr vieles Gute bedanken was Ihr mir im laufe der langen Jahre zukommen ließet.

Möcht vor allen Dingen meine liebe Mammie nicht vergessen, der ich wohl oft, und vor allen Dingen jetzt im Alter immer noch, einige Mühe abverlangt habe und noch abverlange.

Liebe Mammie, für Alles ein herzliches Dankeschön.

Der nächste besondere Dank gilt unsern lieben Kindern, die Alle, obwohl ein jeder auch genug mit sich zu tun hat ,uns umsorgen und für uns da sind. -

- Das die lieben Enkelkinder zu uns stehen und uns Ihre Zuneigung immer wieder zu verstehen geben ist ja auch nicht selbstverständlich. Auch hierfür Dankeschön .-

Na ja, die gute Verwand - Schaft begrüße ich auch recht herzlich. Schwägerin Lisa, die Röbers, , die Schnells, die Stahnkes, die Schulzens und natürlich auch sehr die Familie Janzen die den weiten Weg nach Rosche nicht gescheut haben. . All Sie runden das gute Bild des Zusammenhalt - Gefühls ab.Na und wo gute Leut sich lassen nieder, kommt später noch hinzu der Frieder. Auch Ihm ein herzlich willkommen.

Ich habe einmal im besoffenen Kopf gesagt :" Wir sind ja doch eine schöne Verwand - Schaft „. Heute nun, dieses mal nüchtern möchte ich diese Aussage bekräftigen, obwohl ja gerade Besoffene und Kinder immer die Wahrheit sagen sollen. Eine etwas sehr nachdenkliche Geschichte möchte ich aber Heute, an diesem besonderen Tag, doch erzählen, obwohl ich da Lisa etwas traurig stimmen könnte.

Sie hat aber bei mir einen so tiefen Eindruck hinterlassen daß ich jetzt ruhiger in die Zukunft blicken kann.

Wie Ihr wißt, bin ich am Beerdigungstag meines lieben
Schwagers Erwin bei uns im Keller gestürzt.
Habe mir dabei das Rückgrat gebrochen.
Es folgte in Hamburg eine schwierige Operation nach der ich
dann eine Woche in Koma gelegt wurde.
Da habe ich folgendes so deutlich erlebt, daß ich diese
Situation noch Heute genau aufzeichnen könnte.
Bin durch ein großes braunes zweiflügeliches Tor geschritten.
Dahinter stand eine große Menschenmenge auf einer Wiese.
Vorne an stand Erwin, mein guter Schwager.
Er kam sofort auf mich zu und sagte zu mir wortwörtlich:
„ Na Müllerchen, was willst Du denn schon hier? Geh doch mal
nach Hause!" Ich ging daraufhin zurück und das große Tor
schloß sich hinter mir.
Habe schon so oft darüber nach gedacht. Irgend eine
Bedeutung muß dieses Traumerlebnis doch haben?
Grüble sehr oft darüber nach und stell mir dann auch ganz
nette Dinge vor.
Irgend wo hinter Erwin müßten ja auch Richard und Heinz
gestanden haben? Die Drei haben sich sicher bald getroffen.
Sitzen vielleicht zusammen und spielen einen schönen Skat.
Da oben kann Heinz ja dann auch „ Revolution „ spielen, was
Er mit mir, in der damaligen DDR nicht wagte.
Na und Opa ist ja dann auch sicher da und versorgt die Drei
mit Bier. Vielleicht warten die Drei da auch schon auf den
vierten Mann? Bin dazu jedoch noch nicht bereit denn bis zu
den Neunzigern hat es ja noch Zeit.
Éines weiß ich ganz genau, denn so kenn ich Opa Au. Hat sich
dort oben schon umgeschaut und einen Holzschuppen gebaut.
Dort hat Er dann, genau wie hier, im Schuppen stehn ne Kiste
Bier. Und dort im Schrank , hol`s der Deister, sind seine
Fläschchen Jägermeister.
Und Oma Au ist auch schon da und bringt dort fromm und
frisch, ne volle Bratpfann auf den Tisch. Mit Rührei und mit
Spirken , womit Sie damals schon seit Langen uns Schwieger.
Söhn hat eingefangen.

Stell`s mir gemütlich vor dann doch, wenn wir zu Viert dann
oben sind. Auch runter schau´n durch`s Himmelloch,wo unten
unsere Lieben sind.
Klar spieln die Frau`n auch Romy dann, haben sich viel zu
erzählen. Ida tut so dann und wann, als Profi Ihre Schwestern
quälen.
Reden von Ihren Männern nicht viel, Höchstens : „Eigentlich
war`n Sie ja zu ertragen „ wollen Sie auch nicht vergessen, tun
Sie doch sehr stark vermissen".
Wenn wir am Himmelsloch dann sitzen, tun wir Euch alle dann
beschützen. Passen auf Kind und Kegel auf, schaut nur
Hoffnungsvoll nach oben rauf.
Was wollt mit der Geschicht ich sagen? Irgend wer ist immer
für Euch da. Der auch Sorgen hilft ertragen, ein Schutzengel ist
immer nah.
Wie das Leben so ist kommt in folgenden bekannten Versen
zum Ausdruck:
Das Leben ist ein Würfelspiel, wir würfeln alle Tage.
Dem Einen bringt das Schicksal viel, dem Andren Müh und
Plage.
So ist es halt das Leben, und wird auch immer bleiben.
Die Einen hoch nach oben streben, die Glücklicheren lassen`s
bleiben.
Nun hier zum Schluß noch ein Gedicht. Speziell ich`s an die
Jugend richt. – Dieses Gedicht wurde mir von meinem Freund
Gerhard Gohlke als Erstes zugeschickt, als wir uns 50 Jahre
nach unserer Gefangenschaft wieder gefunden haben. --
Es zeigt Euch an, damit Ihr`s wißt, was wirklich gute
Freundschaft ist:

Freunde in der Not.
In glücklichen Tagen ist niemand allein,
da stürmen die Freund zur Tür herein
und feiern mit Dir voll Übermut .
Dann glaubst Du wirklich, sie meinen es gut.

Bedenke, es kommen auch schwere Zeiten,
erfüllt von Krankheit und Sorge und Not.
Dann werden die Freund Dich nicht mehr geleiten,

die Treue versprachen bis in den Tod.

Sie kommen nie mehr zu Dir zurück,
denn Dich verließen ja Wohlstand und Glück.
Doch wäre nur einer, der bei Dir bliebe,
dann gäbe es Glauben an Freundschaft und Liebe!
Ich hab es erfahren hab es erlebt, wie`s ist wenn Jemand zu
Dir steht. Doch muß man sich das auch verdienen, es nicht so
von alleine geht . Freundschaft ist nicht einfach zu bedienen,
hält nur wenn man zueinander steht.
Doch nehmt Euch in acht vor falschen Freunden, bleibt da
wachsam , pfeift Sie zurück, die vorne Euch loben und
hinterrücks verleugnen. Bewahrt Euch dafür einen ganz klaren
Blick. Solch Freunde sind nicht zu gebrauchen, man kann Sie
getrost in der Pfeife rauchen!
Eins aber weiß ich auch ganz genau, mein bester Freund ist
meine Frau. Sie schimpft mit mir so manches mal, was soll`s
egal. Bin doch ein Krebs, mit zwar weichem Herz , doch sehr
harter Schal.
Zum Schluß möcht ich uns Älteren sagen, die wir schon alle
viel erlebt.
Hört allmählich auf zu klagen, genießt die Zeit die Ihr noch lebt.
Denn eins das steht ja außer Frage , der Herbst hat auch noch
schöne Tage.
Drum nutzt die Tage, nutzt sie aus und schenkt Euch Blumen
während des Lebens, denn auf den Gräbern da blühen sie
vergebens.
Seit zufrieden mit dem was Ihr habt, bleibt dankbar und bleibt
bescheiden. Es nutzt auch nichts wenn Ihr Euch beklagt, laßt`s
sein die Anderen zu beneiden.
Ich glaube wir können Alle zufrieden sein, Zufriedenheit ist
doch ein sehr schönes Wort. Wichtig, es bleibt keiner Allein,
Hier auf Erden und da und dort.
Bedanke mich für Eure Geduld, wollt`s Euch schon etwas
ausführlicher sagen. Zu meinem 80-zigsten müßt Ihr es schon
ertragen, damit Ihr so`n bis`chen durchblickt, wie`s da oben
beim alten Müller so tickt!-- Wünsch uns Allen ein paar schöne
Stunden und sag noch einmal – D a n k e s c h ö n – G. Müller

Lieber Papa.

Wir haben mal wieder gelost und ich habe gewonnen.

Was nicht heißen soll, dass meine Geschwister grundsätzlich NIETEN sind...

aber zumindest haben sie eine gezogen.

Deshalb stehe ich mal wieder hier und darf euch unterhalten.

Aber das mache ich gerne. So hört mir wenigstens (hoffentlich) mal jemand zu.

Ich habe lange überlegt was ich heute machen oder sagen kann.

Gratuliert habe ich dir schon, die guten Wünsche sind ausgesprochen, Küsschen

verteilt.

Eine Rede hast du dir schon selbst gehalten.... da bleibt nicht viel für mich.

Darum habe ich mich dazu entschlossen nochmal kurz die einzelne Stationen

und Situationen aus deinem Leben, auch die Tiefpunkte und die Höhepunkte

zu <u>betonen.</u>

Und <u>IHR</u> habt ja wohl nicht ernsthaft gedacht, dass ich das alleine mach`??

Nachfolgender Text,man verzeihe mir, ist mal lustig, mal ernst, mal traurig....

aber ...... immer wahr.

Das bedeutet heute umso mehr, dass du hoffentlich Spaß verstehen und auch mal

Kritik einstecken kannst.

Vielleicht hat ja das ein oder andere den so genannten Wiedererkennungswert ?

Wichtig dabei ist:

<u>Es kommt halt immer auf den richtigen Ton an.</u>

Denn...   Der Ton macht die Musik .... und dass machen wir nun auch !!

<u>Vorrede zum Lied:</u>   Vor euch liegt der Refrain zum Lied.

Und da bei einem Refrain alle das gleiche singen und wir mit Opa,Papa, Schwager, Gün-

ther... zwar alle den gleichen meinen , aber wenn jeder eine andere Anrede benutzt nicht

das selbe bei raus kommt, habe ich entschlossen, dass wir uns beim Text auf Günther ei-

nigen.

Wobei selbiger natürlich der gleiche ist. Ist doch ganz einfach,- oder ?

Refrain: Unser Günther, der hat's nicht immer leicht.

Doch ganz gleich was auch sein Schicksal war,

er hat doch sein Ziel erreicht.

1. Heut' vor achtzig Jahren wissen wir kam der Günther auf die Welt.

   Statt 'nem Bruder als Spielkamerad hat nur Traute sich gesellt.

2. Viele Streiche hat er ausgeheckt , nur die Hälfte uns erzählt.

   Das ist übrigens in seinem Buch das Kapitel welches fehlt.

3. Von der Jugendzeit gäb'es noch viel, manche Dinge fallen schwer.

   Doch auch schöne Sachen fall'n mir ein, seht der Paul kam heute her.

4. In der Lehrzeit war ihm ganz schnell klar dass er einst den Meister macht.

   Schließlich hatte er, und das gezielt, sich die Ida angelacht.

5. Der Betrieb, der lief erst nicht so recht, die Geschäfte liefen schlecht.

   Doch er fasste immer neuen Mut, gab nie auf, und das war gut.

6. Wenn man heute Kunden nach ihm fragt, ja dann schwör'n sie noch auf ihn.

   Seine Planung auf 'nem Taschentuch blieb so manchem in dem Sinn.

7. Fünf Kinder und 'ne Firma und zudem ein Haus erlaubt.

   Einen Urlaub, hier und da 'ne Kur, falsch gedacht, wer sowas glaubt.

8. Manche Krankheit die kuriert er dann und wann im Krankenhaus.

   Mit 'nem Teil mehr hier und 'nem Teil mehr da kommt er Gott sei Dank nach Haus.

Refrain: Unser Günther, der hat`s nicht immer leicht.

Doch ganz gleich was auch sein Schicksal war,

er hat doch sein Ziel erreicht.

9. Das Schreiben ist `ne Leidenschaft, er denkt sich ständig neues aus.

Seine Bücher die verschickt er dann selbst über Grenzen `raus.

10. Mit dem Computer hat er manchmal Streit, wenn der ein Wort rot unterstreicht.

Papa wundert sich und denkt sich schlicht:" Na, der kennt das Wort halt nicht."

11. Günther mit H das macht er wahr, doch nicht alles kann er dreh`n,

sonst hätten wir uns Morgen erst zum achtzigsten geseh`n.

12. Romme`oder Skat das ist sein Ding, das find`t er wunderbar.

Wenn die Kasse klingt, dann freut er sich, bei ihm zahlt man in bar.

13. Blüht beim Fernseh`n er so richtig auf, ja dann weiß man ganz genau,

dass er mitfiebert bei der EM, sehr zu Lasten seiner Frau.

14. Jeden Krimi schaut er gern`sich an, alles andere ist Mist.

Die Fernbedienung quält er solang bis das Quiz im Ersten ist.

15. In Rente ist er vierzehn Jahr`, wo sind bloß die Jahre hin ?

Wer das wissen will schaut in sein Buch, da steht alles nochmal drin.

16. Heute singen wir dem Jubilar uns`re Wünsche nochmal kund.

Wir wünschen dir noch noch viele Jahr`, bleibe glücklich und gesund.

Happy Birthday......

Nachfolgende Geschichte ist eindeutig - zweideutig und es geht dabei um <u>NICHTS</u>

Lieber Papa und Opa.

Natürlich kannst du es dir denken,

wir wollten dir gerne etwas schenken.

Und wir überlegten Tag und Nacht

womit man dir wohl Freude macht.

Ich saß Zuhaus am Küchentisch,

ließ den Ideen freien Lauf,

und dabei kam es schließlich `raus.

Als Uwe fragte:" Was schreibst du denn da?"

kam mir der Geistesblitz

und fröhlich sagte ich:"Ich schreibe NICHTS".

Denn...

Die Erfahrung zeigte uns in all`den Jahren,

eigentlich willst du <u>NICHTS</u> haben.

Und wenn wir mal auf das Thema lenkten,

sagtest du stets: " Ihr braucht mir <u>NICHTS</u> schenken."

So kam uns halt die Idee beim Denken

dir einfach <u>NICHTS</u> zu schenken.

Doch was ist <u>NICHTS</u> haben wir überlegt,

und ob <u>NICHTS</u> schenken überhaupt geht.

Den Einfall fanden wir ja nicht schlecht,

denn <u>NICHTS</u> schenken wäre uns recht.

   Darum sind wir zum Supermarkt gelaufen

um für dich <u>NICHTS</u> einzukaufen.

   Das aber war nicht leicht zu schaffen.

Du ahnst ja nicht wie die Leute gaffen,

kommst du in ein Geschäft gelaufen

und sagst sogleich: " Ich möchte <u>NICHTS</u> kaufen."

`Siehst ja wie ein Kunde aus - zumindest -

und fragst, ob du hier wohl NICHTS findest.

Verkäufer und Verkäuferinnen

sie meinen gleich du wärst am Spinnen.

Doch all`der Fragen angesichts

riefen wir nur :" Wir möchten NICHTS."

Ja es war zum Haare raufen,

denn NICHTS gab es hier nicht zu kaufen.

Ohne NICHTS konnten wir jedoch wenigstens an der Kasse strahlen

und sagen: "Wir wollen NICHTS bezahlen."

Die Kassiererin sah uns verwundert an

und erwiderte sodann:

"Wenn wir im Hause NICHTS empfahlen,

dann müssen sie auch NICHTS bezahlen."

Doch draußen standen wir nun verzweifelt und sahen uns an.

Wie kommen wir bloß an NICHTS heran ?

Was ist denn NICHTS ?

Auch kein Handeln und Denken ?

Und wieder die Frage:

"Kann man überhaupt NICHTS verschenken ?"

Wie du siehst, meine Hände sind bis auf diesen Zettel leer...

und nun liegt es in deinem Ermessen,

ob NICHTS heißt wir haben dich vergessen ?

Unsere Gedanken, ein paar schöne Stunden

ein Gedicht oder ein Lied das man nur für dich schrieb.

Erinnerungen an heute, Eindrücke der Zeit,

meinst du, das davon NICHTS bleibt.

Diesen Tag, die Erinnerungen nimmst du mit,

und vielleicht haben wir unser Ziel erreicht

dir zu schenken, was du dir wünscht,-

nämlich das wir heute alle beisammen sind.

Und abschließend frage ich dich:" Ist das vielleicht NICHTS ?"

Geburtstagslied

Melodie: Auf der schwäb'schen Eisenbahn

Wenn die Bäum verlier'n die Blätter
und Du abends in Dein Bette
nimmst ,ne Wärmflasch, weil Du frierst,
merkt man, dass Du älter wirst.

Trulla Trulla Trullala, Trulla Trulla Trullala,
nimmst ,ne Wärmflasch, weil Du frierst,
merkt man, dass Du älter wirst.

Wenn Du nicht mehr gehst spazieren,
und tust hinterm Ofen frieren,
wenn Du keinen Schnaps probierst,
merkt man, dass Du älter wirst.

Trulla Trulla Trullala, Trulla Trulla Trullala,
wenn Du keinen Schnaps probierst,
merkt man, dass Du älter wirst.

Wenn Du brauchst ,ne Lesebrille
und Dein Brot tunkst in Kamille,
wenn Du nix vom Frühling spürst,
merkt man, dass Du älter wirst.

Trulla Trulla Trullala, Trulla Trulla Trullala
wenn Du nix vom Frühling spürst,
merkt man, dass Du älter wirst.

Wenn auch Du auf Draht noch bist,
Knoblauch und Salat auch isst,
wenn Du steckst noch voll Humor,
macht kein Jüng'rer Dir was vor.

Trulla Trulla Trullala, Trulla Trulla Trullala
wenn Du steckst noch voll Humor,
macht kein Jüng'rer Dir was vor.

Wenn Du schraubst so peu à peu,
Jahr um Jährchen in die Höh',
und Du bleibst wie heut so munter,
wirst bestimmt Du einmal hundert!

Trulla Trulla Trullala, Trulla Trulla Trullala
und Du bleibst wie heut so munter,
wirst bestimmt Du einmal hundert!

Zur Weisheit des Alters

Gebet des älter werdenden Menschen

Terese v. Avila

O Herr, du weißt besser als ich,
daß ich von Tag zu Tag älter werde.

Bewahre mich vor der Einbildung,
bei jeder Gelegenheit und zu jedem Thema
etwas sagen zu müssen.

Erlöse mich von der großen Leidenschaft,
die Angelegenheiten anderer ordnen zu wollen.

Lehre mich, nachdenklich (aber nicht grüblerisch)
hilfreich (aber nicht diktatorisch) zu sein.

Bei meiner ungeheuren Ansammlung
von Weisheiten erscheint es mir ja schade,
sie nicht weiterzugeben – aber du verstehst,
o Herr,
daß ich mir ein paar Freunde erhalten möchte.

Bewahre mich vor der Aufzählung endloser
Einzelheiten und verleihe mir Schwingen,
zur Pointe zu gelangen.

Lehre mich schweigen
über meine Krankheiten und Beschwerden.
Sie nehmen zu – und die Lust, sie zu beschreiben,
wächst von Jahr zu Jahr.

Ich wage nicht, die Gabe zu erflehen,
mir Krankenschilderungen anderer
mit Freude anzuhören, aber lehre mich,
sie geduldig zu ertragen.
Lehre mich die wunderbare Weisheit,
daß ich mich irren kann.

Erhalte mich so liebenswert wie möglich.
Ich möchte kein Heiliger sein –
mit ihnen lebt es sich so schwer –,
aber ein alter Griesgram
ist das Krönungswerk des Teufels.

Lehre mich, an anderen Menschen
unerwartet Talente zu entdecken,
und verleihe mir, o Herr, die schöne Gabe,
sie auch zu erwähnen.

Vortrag zum 80-zigsten - von Paul Janzen

Lieber Günther (Günther mit th)
Man kann es kaum glauben, jedoch ist es wahr, du wirst Heute 80 Jahr.
Du bist ein 80 - Vollender , diese Nachricht brachte Heute jeder
Radiosender.
Die Monatszahl von 960 macht es klar, denn 12 Monate hat jedes Jahr.
4240 Wochen- die daraus resoltieren, - kann man schon fast nicht mehr
im Kopf addieren!
29680 Tage - die Du schon auf dieser schönen Erde verbracht - sprechen
eine klare Sprache - sie sind eine Macht !
Die Stundenzahl zu errechnen - will ich mir hier schenken - mögest Du
stets an die frohen nur denken !
Es ist doch jedem hier wohl klar - das der 27. Juni 1928 ein ganz
markantes Datum war !
Es wurde astrologisch und amtlich festgestellt - Günther Müller erblickte
an einem Donnerstag das Licht der Welt.
Auch Günthers Taufe soll schon bemerkenswert gewesen sein - es
entstand folgender Dialog zwischen Pastor und Günthers Eltern -
großartig meinte der Pastor nach der Taufe - Ihr Baby hat sich sehr tapfer
gehalten - antwortete Günthers Vater voller Stolz - wir haben ja auch eine
Woche lang mit der Gießkanne trainiert.
L i e b e r   G ü n t h e r !
80 Jahre steht nun überall geschrieben - wo ist nur die Zeit geblieben?
Deinen bisherigen Lebensweg hast Du ja sehr eindrucksvoll in deinen
Büchern beschrieben !
Ich denke noch gern an die Tage und Jahre unser Kindheit und Jugend
zurück. In Wargels auf unserem „ Krauschen" wo in der uralten
Lindenallee die Blätter rauschten.
In frohen und friedlichen Zeiten, durfte ich Dich als jüngerer Freund einst
begleiten. Doch dann folgten Jahre voll Kummer und Leid und besonders
für Dich eine schreckliche Zeit. Man sagt, die Zeit heilt alle Wunden, was
ein Glück, doch Narben bleiben für immer zurück.
Dann verging eine unendlich lange Zeit, 44 Jahr gingen ins Land, bis wir
uns in Uelzen wieder reichten die Hand. Wir haben uns also wieder
gefunden und verbrachten miteinander schon einige frohe Stunden.
L i e b e r G ü n t h e r !
80 Jahr mit Schuh und Schlappen tust Du auf der Welt rumtappen.
Ein Jahrgang stolz und doch schon etwas ranzig, das ist der Jahrgang 28.
Drum will ich Euch an diesem Tag verraten, wie Er`s weiter macht das
sich die Welt dann wundert, wenn Günther feiert mal die Hundert!
Vor allem Gesundheit brauchst Du eben, daß Du dann schaffst die
nächsten 20 Jahr im Leben. Drum wenn in Zukunft trinkst und ißt, denk
dran daß Du 80 bist.

Du brauchst nicht zu wühlen und schaffen, auch keine Reichtümer zusammen raffen , auch wenn Du glaubst das wäre Deine Lebenspflicht, denk dran daß Du 80 bist.

Fühlst dich noch jung, auf keinen Fall alt, machst Jogging dann im Gartenwald . Hör auf, bevor`s am Dups dann zischt, denk dran daß Du 80 bist.

Wenn jemand zu Dir Rindvieh sagt, reg dich nicht auf, das wäre schad. Das gibt nur Falten im Gesicht, denk dran daß Du 80 bist.

Wills Du der Jugend Ratschläg geben, wie es halt so üblich ist, laß es sein für die jungen Leute schwätzt Du doch bloß Mist, denk dran daß Du 80 bist.

Ab jetzt nimm nie zu voll das Maul, und hock auf kein hohen Gaul, denn wer hinunter fällt sich`s Genick leicht bricht, denk dran daß Du 80 bist.

Wenn Du mal auf der Straß triffst draus, ein Mädel mit viel Holz vorm Haus, dich vielleicht der Hafer sticht, denk dran daß Du 80 bist.

Brauchst Du mal Hemd , Krawatt und Socken, schick Deine Frau bleib ruhig hocken. Wie schnell hat Dich der Schlag erwischt, denk dran daß Du 80 bist .

Das war`s was ich Dir hab zu sagen und ich wünsche Dir im Kreise Deiner Lieben , Gesundheit , Glück und Wohlergehen, daß wir uns noch oft wiedersehen, so daß die Welt sich nur noch wundert, in 20 Jahr Du feierst Hundert. .

Lieber Günther , nochmals unser aller herzlichsten Glückwunsch

* - Ich persönlich bin stolz darauf, Dein Freund zu sein. -*

Schön ist der Morgen

Schön ist der Morgen, schau` aus dem Fenster,
ganz neu geboren, schenk`die den Tag.
Nimm ihn und freu`dich, danke und denke,
wieder kommt für mich ein neuer Tag.

Schön ist der Morgen, singen die Lerchen.
Was nützen Sorgen? Schenk sie der Nacht.
Nimm die ein Beispiel und sei zufrieden.
Oft willst du zu viel, frag`dich warum.

Schön ist der Morgen, fang` wieder neu an.
Gestern sind Sorgen alt und vorbei.
Danke und denke, die Welt kann schön sein.
Darum verschenke nie deinen Tag.

Schön ist der Morgen, schau aus dem Fenster,
ganz neu geboren, schenk dir den Tag.
Nimm ihn und freu`dich. Danke und denke
wieder kommt für mich ein neuer Tag.

Nachbetrachtung

Nun ist auch mein viertes Buch geschrieben und zusätzlich der kleine
Gedichtband - Historik - Poesie - Lyrik -.
Habe somit viele Ereignisse aus meinem ganzen Leben aufgeschrieben.
Wenn sich Kleinigkeiten im Text oder auch einige Fremdgedichte und
vielleicht zwei oder drei Geschichten wiederholen, so bitte ich mir das
nachzusehen. Es ist in meinem Alter von 80 Jahren schon etwas
schwierig, alles ganz genau auf zu zeigen.
Grundsätzlich sollte in diesem vierten Buch erzählt werden, was in den
vorherigen Büchern ausgelassen wurde.
Hoffe sehr, daß alle Bücher ein ganz gutes zusammenhängendes
Gesamtbild meines Lebens aufzeigen.
In erster Linie habe ich das alles für meine Frau, unsere Kinder und
Enkelkinder geschrieben.
Vielleicht können Sie dann nachvollziehen, was unsere Generation so
geleistet hat.
Sicher wird mir in Zukunft nach das Eine oder Andere einfallen. Zum Buch
wird es wohl nicht reichen, werde es dann in Einzelgeschichten erzählen
und aufschreiben.
Bin abschließend jedenfalls froh, diese vier Bücher und das Gedichtband
geschrieben zu haben.
Etwas stolz bin ich auch darauf, daß durch meine Bücher eine gute
Verbindung zur - Immanuel - Kant - Universität in Kaliniengrad, dem
früheren Königsberg, geknüpft werden konnte. Siehe dazu auch die
Geschichte „ Geschichten voller Humor " darin wird mir mein Völker -
verbindendes Wirken bescheinigt.
Die Fertigstellung dieses Buches fällt zusammen mit meinem 80 - zigsten
Geburtstag. Wie so oft haben die Kinder , und hier in erster Linie Tochter
Heidi, ein wunderschönes Fest ausgerichtet. Dies ist auch der Grund, daß
ich . neben meiner Dankesrede auch die sehr schönen Vorträge unserer
Tochter Heidi und den von Jugendfreund Paul Janzen in dieses Buch
aufnehme , sowie weitere schöne Aufzeichnungen abducke.
Abschließend wünsche ich all meinen Lesern alles Gute.

Mit freundlichen Grüßen Ihr

Rosche im Juli 2008

Herstellung und Verlag: Books on Demand GmbH, Norderstedt
ISBN 978-3-8370-6126-0

- Notizen -

- Notizen -

- *Notizen* -

- Notizen -